講談社文庫

七人の証人

新装版

西村京太郎

講談社

目次

七人の証人

序章　私設法廷

1

　今の世の中、刑事だからといって、強盗に襲われないという保証は、どこにもない。私服でいる時なら尚更《なおさら》だろう。

　警視庁捜査一課の十津川《とつがわ》警部は、午前二時過ぎ、タクシーをおりて、暗い路地をわが家に向って歩いている時、いきなり背後から、鈍器で後頭部を殴られ、その場に昏《こん》倒《とう》した。

　不覚であった。二週間にわたった難事件を、やっと解決し、精神の弛《し》緩《かん》と、肉体の疲労という悪条件が重なっていたとしても、そんなものは弁明にはならぬ。

　気を失う瞬間、十津川は、貰《もら》ったばかりの月給袋のことを考えた。相手は、てっきり流しの強盗と思ったからである。

　十津川は、一ヵ月に一回くらいの割合で、幼い頃の夢を見る。理由はわからない。精神分析医なら、何か気の利いた解釈を下すだろうが、十津川には、理由がわからなかった。

　この時も、昏倒したあと、幼い時の夢を見た。小学校の上級生で、忘れ物をして、必死に家に取りに走る。それが、延々と続くのだ。いくら走っても、家に辿《たど》りつくことが出来ない。冷汗が流れ、足が棒のようになってくる。鉛のように重くなってくる。片足ずつ、やっと持ちあげて、這《は》うようにして歩く。突然、前方に大きな蛇が現われる。その肌が、ぬるぬると濡れている。一匹の蛇が、二匹になり三匹になってくる。

（おれは、夢を見ているのだ）

　と、突然、夢の中の十津川は考える。頬をつねったり、身体を動かしたりして、夢からさめようとするのだが、手足が、しびれた感じで指先一つ動かすことができない。二重に夢を見ているのだ。二つの夢が、その中にごちゃごちゃになり、激しい頭痛と吐き気が、彼を襲って――

　十津川は、眼を開いた。頭痛と吐き気は、夢の中から現実の世界にまで連続している。

十津川は、眉をしかめる。嫌な、むかつく匂い。吐き気の原因は、この匂いらしい。

(クロロフォルムの匂いだ)

十津川を殴った奴は、ご丁寧にも、彼が昏倒したあと、クロロフォルムを嗅がせたらしい。

眼をしばたいてから、周囲を見回した。まだ後頭部が、ずきずきする。ざらざらした、むき出しの壁が眼に入った。十畳程の部屋である。調度品と呼ぶべきものは、何一つ置いてない。天井には、裸電球が一つぶら下っているだけである。六十ワットのその電球は、今は消えていて、窓から柔らかい春の陽が射し込んでいた。

十津川は、腕時計に眼をやった。デジタル時計の数字は、9・36を示していた。七時間以上も、気を失っていたのか。

十津川は、ふらつく足で立ち上った。ひどい二日酔いの感じだった。気分が悪い。ポケットを探って、煙草《たばこ》を取り出して口にくわえた。一つ百円の簡便ライターで火をつける。内ポケットの財布も、警察手帳も、失《な》くなってはいなかった。

(強盗ではなかったらしい)

だが、それなら、誰が何のために襲ったのだろうか。

それにしても、ここは、いったい何処なのだろうか。

十津川は、ドアに向って歩いて行った。ノブに手をかけて回してみた。ひょっとして、監禁されたのではないかと思ったが、ドアは、簡単に外に向って開いた。

何か、すかされたような気持で、十津川は外へ出た。

コンクリートの通路の上に、ジャンパー姿の若い男が倒れているのが眼に入った。

二十歳か、或《あるい》は、もっと若い青年である。

屈《かが》み込んで、「おいッ」と、身体をゆすると、若者は、呻《うめ》き声をあげながら、眼を開いた。

最初は、視点が定まらないらしく、ぼんやりした眼で、十津川を見ていたが、小さく首を振ってから、急に「あッ」と、叫び声をあげた。

「僕を殴ったのは、あんただな！」

「いや。違うよ。私も、昨夜、何者かに背後《うしろ》から殴られて、気がついたら、ここにいたんだ」

十津川は、警察手帳を相手に見せた。

若者の蒼い顔に、安堵の色が浮んだ。

「警察の人ですか」

「君は？」

「山口博之《やまぐちひろゆき》。いま二浪目です」

と、いってから、

「僕の眼鏡は？」

泣きそうな顔になって、周囲を見回した。

「ジャンパーのポケットがふくらんでいるが、そこに入っているんじゃないのかね？」

「ああ、入っていた」

山口博之は、黒縁の、度の強そうな眼鏡をかけた。が、すぐ、首をかしげて、

「おかしいな。殴られて倒れた時、眼鏡は飛んじゃった筈《はず》だと思うのに、どうして、ポケットに入っていたんだろう？」

「犯人が入れて置いたのかも知れんよ」

「なぜ、犯人がそんなことを？」

「わからんが、私や君を殴って気絶させたのは、金を奪《と》るためじゃなく、ここへ運んで来るためだったようだ」

「ここは、何処なんですか？」

山口は、立ち上って、眼をぱちぱちさせながら、周囲を見回していたが、

「あれは、映画のオープンセットですね」

と、少年らしい、明るい笑顔になった。

確かに、山口の指さす先にあるのは、映画のオープンセットとしか、考えられなかった。

コンクリートの道路の先に、いくつかの建物が、ごちゃごちゃと立ち並び、四つ角には信号機がつき、三階建のビルには、ネオンの広告が取りつけてあったが、ひとかたまりの建物の外は、雑草の生い茂る野原だった。

道路も、途中で雑草の中に消えている。

しかし、オープンセットと少し違う感じでもあった。

映画のオープンセットは、表通りはきちんと作ってあるが、裏に回ると何もなくて、突っかい棒がしてあったりするものだが、今、眼の前にあるいくつかの建物は、一つ一つ、完全に造られていた。

車が動いているわけでもないのに、四つ角の信号は無意味に点滅をくり返している。

道路の両側に、二台の車が駐《とま》っていたが、人声も、その他の物音も聞こえて来ない。オープンセットというよりも、死の街といった方が、ぴったりするような気がする。街の一角を、切り取って、そこへ置いたという感じだった。

「行ってみよう」

と、十津川はいった。

2

誰が、何のために、こんなものを造ったのだろうか？

広がる雑草の上を、モンシロ蝶が飛びかっている。その雑草の原っぱの中に、誰かが、道路を作り、信号機を取りつけ、コンクリートや、木造の建物を建てたのだ。

四つ角の信号機のところから、道路の両側に、建物が並んでいた。

まず、木造モルタルの小さなバー。「ロマンス」と、閉めたドアに、店の名前が書かれ、英語のネオンが取りつけてあった。

この店の前は、約八メートル幅の道路をへだてて、三階建のビルだった。一階は、鉄製のシャッターがおりていて、「田島《たじま》倉庫」と書かれている。

「変だな？」

と、山口が、甲高《かんだか》い声をあげた。

「どうしたんだ？」

「ここは、僕が住んでるところです」

山口は、ビルの三階の、道路に面した窓の一つを指さした。

「住んでいる？」

十津川は、若者の顔を見た。

「ええ。このビルは、一階が倉庫で、二階と三階が貸マンションになってるんです。あの部屋が、僕の部屋です」

山口は、十津川を、ビルの裏口に案内した。

彼がいうように、そこに、「中央スカイマンション」と書かれた入口があった。薄暗い階段を三階まで上って行くと、上ってすぐの部屋に、「山口」の表札がかかっていた。

「ほら、ここが、僕の部屋です」

と、山口は、十津川に向って笑いかけたが、すぐ、蒼ざめた顔になって、

「でも、どうして、あのマンションが、こんなところに建っているんでしょうか？」

「とにかく、部屋に入ってみようじゃないか」

「ええ。でも――」

「まさか、幽霊が出てくることもないだろう」

十津川は、笑って、ドアを開けた。

六畳一間に、台所や浴室のついた、１ＤＫの部屋だった。

壁に向って机があり、本棚、ステレオなどが置いてある。

「君の部屋に間違いないかね？」

「ええ。でも、少し違うところもあります」

「どんなところが？」

「畳が少し新しいし、あのステレオも新品になっているんです。十四インチのカラーテレビは同じものだけど、ビデオレコーダーがついている。こんな高いものは、持ってなかったのに」

「一人で借りていたのかね？」

「ええ。北海道の両親が、予備校に通うのに便利だろうって、借りてくれたんです。最初は、姉と一緒に住んでたんですけど、姉が結婚してからは、僕が一人で住んでいるんです。一年半前から」

「君は、煙草を吸うのかね？」

十津川が、机の上の灰皿と、その傍に置いてあるセブンスターを顎《あご》でしゃくると、山口は、「ええ」と、肯《うなず》いた。

「やっぱり、受験勉強に疲れた時なんか、吸いたくなるんです。あの灰皿も、同じものですよ」

山口は、自分の言葉で煙草を吸いたくなったらしく、ジャンパーのポケットからセブンスターを取り出した。

十津川は、窓際に行き、通りを見下した。

幅約八メートルの舗装道路は、百メートル近い長さで延びている。電柱も、何本か立っていて、電線が張られていたが、その電線は、道路が終るところで、絶ち切られていた。

道路のこちら側に、シルバーメタリックのスカイラインがとまり、向う側には、茶色のシビックがとまっている。

申しわけ程度の狭い歩道には、大売り出しの立て看板が立っていたりする。

ふいに、眼の下にとまっているスカイラインのドアが開き、運転席から中年の男が転がり出た。立ち上りかけて、へたへたと、その場に坐り込んでしまった。

十津川は、部屋を飛び出すと、薄暗い階段を駈けおりた。

車のところへ歩いて行くと、道路にうずくまっていた男が、怯《おび》えた眼で振り返った。

エリートサラリーマン風の三十五、六歳の男だった。きちんと背広を着、ネクタイをしているのだが、その背広が、さっき道路に転がった時にだろう、泥で汚れていた。

「怪しいものじゃない」

と、十津川は、相手に声をかけた。それでも、男は、身構える姿勢を崩さなかったが、十津川が警察手帳を見せると、やっと、警戒を解き、名刺を取り出して、彼に寄越した。

中央銀行N支店副支店長　　岡村精一《おかむらせいいち》

中央銀行といえば、五指に入る大銀行である。そのせいか、名刺を差し出す時、岡村の顔には、得意気な色が、ちらりと浮んだようだった。

「ここは、どこですか？」

岡村は、後頭部を押さえながら、十津川にきいた。

「私にもわかりませんが、助手席にいるのは、奥さんですか？」

「助手席？」

岡村は、びっくりした顔で、車の中をのぞき込んでから、

「千田《せんだ》君――」

「恋人ですか？」

「いや。同じ銀行の千田美知子《みちこ》という女子行員です。しかし、なぜ、千田君が助手席にいるのかわからん。僕は、一人でいるところを襲われたんです」

「じゃあ、別々に気絶させて、同じ車に乗せておいたんでしょう」

「誰が？」

「犯人がです」

「何のためにです？」

「さあ」

十津川は、身体を助手席に突っ込んだ。
二十七、八の美しい女だった。白い顔に、ベージュ色のドレスが、よく似合っている。身体の傍には、グッチのハンドバッグが転がっていた。
「死んでいるんですか？」

岡村が、十津川の背後から、不安気にきいた。

「いや。気絶しているだけです。その中《うち》に気がつくでしょう」

十津川は、身体を元に戻した。

岡村は、いらいらしたように、

「とにかく、警察に電話して犯人を捕えて貰わないと」

「どこに電話があるんです？」

「え？」

「周囲《まわり》をよく見てごらんなさい」

「――――」

岡村は、初めて気がついたらしく、顔色を変えた。

「これは、いったい？」

「犯人のいたずらですよ。ただ、何のためのいたずらかわからない」

「とにかく、車で走ってみますよ」

と、岡村は、運転席に腰を下し、エンジンをかけようとしたが、溜息と一緒に、小さく首を横にふって、

「ガソリンが入ってない」

「この車は、あなたの車ですか？」

「ええ。僕のスカイラインＧＴですが――いや、違うかな」

岡村は、あわてて車をおり、前に回ってナンバープレートを調べていたが、

「違いますね。僕の車じゃない。同じ色のスカイラインＧＴですが」

「周囲《まわり》の建物に、見覚えはありませんか？」

十津川がきくと、岡村は、黙って、見回していたが、

「これは、千田君の家の近くみたいだが――」

「助手席の女性ですね？」

「ええ。前に、車で送ってあげた時に見た街の景色によく似ているんです。確か、あの家の裏の方が、彼女の家で――」

岡村は、マンションの斜め向いの果実店を指さした。店は閉まっていて、その裏は、雑草の茂る草むらだった。

「あなた自身の家は？」

「僕の家は、神奈川県の茅《ち》ヶ崎《さき》です」

海の傍だと、岡村はいった。

十津川は、新しい煙草に火をつけた。

「ここが何処なのか、調べて来ましょう」

「どうやって？」

「もちろん、この足でですよ」

と、十津川は、微笑した。

「僕も一緒に行きましょうか？」

「いや、あなたは、その女性の傍にいた方がいい。何かわかったら戻って来ますよ」

「われわれだけですか？　ここにいるのは」

「もう一人、大学受験を目ざしている若者がいますよ。私たちと同じように、殴られ、クロロフォルムを嗅がされて、連れて来られたということです」

十津川は、西に向って道路の上を歩いて行った。茶色のホンダシビックの車内をのぞいてみたが、人の姿はなかった。

「ロマンス」というバー、三階建のマンション、果実店の他に、中華そば屋、洋品店、パン屋、それに、米屋の四つの店が並んでいたが、どの店も、戸が閉まっていた。

道の端まで来た。その先は、雑草の生い茂る草むらである。

十津川は、前方の小高い丘に向って大股に歩いて行った。途中で、呼び止められて振り向くと、二浪の山口少年が追いかけて来た。息をはずませながら、十津川と並ぶと、

「マンションの他の部屋を調べてみたんだけど、ドアはあっても、中はがらんどうでした。ちゃんとした部屋は、僕の部屋だけです」

「ふーん」

「誰が、何のつもりで、こんなことをしてるんでしょうか？」

山口は、同じ質問を繰り返した。今は、十津川にも答えられない質問だった。

「その答を、これから見つけようと思っているんだ。車に乗っていた二人に会ったかね？」

「裏から出て来たもんだから気がつかなかったな。その人たちも、やっぱり、殴られて、気絶している中《うち》に、ここへ運ばれたんですか？」

「そういっている」

小高い丘に辿りついた。

眼の前に、ツツジの原生林が広がった。まだ花は咲いてなかったが、五月の開花期になったら、素晴らしい景色だろう。

「刑事さん」

と、山口が、十津川の脇腹を突ついた。

「何だね？」

「波の音が聞こえるような気がするんですけど」

「ああ。あれは確かに潮騒だ」

二人は、ツツジの原生林をくぐり抜けて、波の音のする方向へ歩いて行った。

苔むした墓石が、いくつかかたまっているのが眼に入った。その先に赤松の小さな林があった。波の音は、いよいよ大きくなり、潮の香りが漂ってくる。背の低い赤松林を抜けたとたんに、眼の前に、紺青《こんじょう》の海が現出した。

「海だッ」

と、山口が叫んだ。

数メートルの切り立った断崖が続き、その真下に、押し寄せる波がぶち当り、激しいしぶきをあげていた。

海面が、眩《まぶ》しく光っている。十津川は、眼を細めて見渡したが、どこまでも海は広がっていて、対岸も、船も見えなかった。

「ここは、どこかの島なんでしょうか？」

山口が、水平線に眼をやったまま、十津川にきいた。若いだけに、不安の中に好奇心の入り混った声になっている。

「かも知れないな。島だとすれば、どこかに船着場がある筈だ。あれだけの資材を船で運んだところがね」

或は、そこに、船があるかも知れないと、十津川は思った。自分や、この若者や、車の中の二人を運んで来たのも船に違いない。まさか、ヘリコプターではないだろう。

十津川は、海岸線に沿って歩いてみることにした。

波の音だけが聞こえてくる。

平地には、どこも雑草が生い茂っていて、道らしいものはなかった。先刻の古びた墓石から考えて、この辺にも昔は、人が住んでいたのだろうが、道に関する限り、その痕跡は、すでに消え失せていた。それだけ、雑草の生命力が強いということかも知れなかった。
五、六分も歩いた時、入江が現われた。コンクリートの岸壁があるところをみると、船着場として使われていたことは明らかだったが、急な斜面をおりて行き、入江の端から端まで歩いてみたが、どこにも船は見つからなかった。番小屋風の建物は、長いこと使用されなかったとみえて、風雨にさらされて、朽ち果てている。

入江の水は青く澄んでいて、二十センチぐらいはある魚が、群をなして泳いでいる。これが普段の時なら、十津川は釣り好きだけに、岸壁に腰を下して眺めるのだが、今は、その余裕はなかった。彼をここに連れて来た人間の意図がわからないからだ。

「伏せろ！」

と、急に十津川は怒鳴って、山口の身体を、こわれた小屋のかげに突き飛ばし、自分も、その場に伏せた。

「どうしたんです？」

山口は、危うく落しかけた眼鏡を、かけ直しながら、口をとがらせた。

「向うの岬で、何かが光ったんだ」

「何かって何です？」

「さあね。ただ、あれが、ライフルの照準鏡だったら、私も君も、まず助からんだろうな」

「本当ですか？」

「ライフルだとしたらだよ」

十津川は、じっと眼を凝らしていたが、

「どうやら違うらしい」

と、立ち上った。

「何だったんですか？」

「わからないが、カメラのレンズだったようだ」

「じゃあ、向うの岬に誰かいたんですね？」

「ああ。誰かがいたね」

「僕たちを、ここへ連れて来た奴ですか？」

「かも知れないし、私たちのように、連れて来られた人間かも知れない。会いに行ってみようじゃないか」

「大丈夫でしょうか？」

「何がだい？」

「殺されるなんてことは、ありませんか？」

「それを怖がっていたら、どうしようもないだろう」

十津川は、軽く相手の肩を叩き、三十メートルほど先にある突出した岬に向って歩いて行った。考えてみれば、犯人がもし殺す気だったら、十津川たちが気絶しているうちに殺していただろう。

岩礁だらけの坂を、一歩一歩、踏みしめるようにして登って行くと、岬の上に、ふいに人影が現われる。

サファリジャケットを着た二十七、八歳の男だった。カメラを二台ぶら下げている。さっきキラリと光ったのは、あのレンズだったのだ。

男は、立ち止って、十津川と山口が近づくのを待っていた。

「君が、私たちをここへ連れて来たのかね？」

十津川がきくと、男は、首を横に振って、

「冗談じゃない。僕は、昨夜、誰かに殴られて、気がついたら、向うのホンダシビックの運転席に寝ていたんだ」

「君の名前は？」

「浜野光彦《はまのみつひこ》。フリーのカメラマンだ。婦人科じゃなくて、社会科のね」

「あのホンダシビックは、君の車かね？」

「いや」

と、いってから、浜野光彦は、疲れたというように、そこにあった石の上に腰を下した。

「僕の車も、茶色のシビックだけど、あれは別の車だよ」

「それで、君は、ここで何をしていたんだ？」

「僕に質問ばかりしているが、あんたは、一体誰なんだ？」

「十津川だ。警視庁捜査一課の刑事だよ」

「ふーん」

「なぜ、ここに連れて来られたか、心当りがあるかね？」

「一つだけ、心当りがある」

「ほう」

「あの建物と通りに記憶があったんだ。一年前の夜、車で通りかかって、殺人事件を目撃した通りによく似ている」

「あッ」

と、山口が、十津川の横で声をあげた。

「君も、思い出したらしいな？」

十津川が振り向くと、山口は、眼を輝かせて、

「そうなんです。一年前の夜、受験勉強をしていて、ふと窓の外を見たら、下の通りで、人が殺されるのを目撃しちゃったんです。証人として、法廷にも出ましたよ」

「どんな事件だったね？」

「バーで飲んだあと、喧嘩になって、若い男が、中年のサラリーマンを殺した事件ですよ」

と、浜野が、冷静にいった。

「君も、証人として法廷に出席したのかね？」

「ええ。僕の撮った写真が、新聞にのりましたからね。決定的瞬間を撮ったというんで、去年の報道写真賞を貰いましたよ」

浜野は、誇らしげに、鼻をうごめかせた。

十津川は、思い出した。彼が担当した事件ではないが、確か、この二人がいうような事件が、一年前にあった。

場所は、世田谷《せたがや》だった。犯人の青年が、ナイフを振りかざしている写真が新聞にのって、それが評判になった殺人事件である。

「あの男女も、その事件に関係しているわけかな？」

「スカイラインの中のアベックですか」

と、浜野は、うなずいて、

「確か、あの二人も、証人の筈ですよ。法廷で見た記憶がありますからね。証人は、他にもいましたがね」

「それで、ここが何処かわかったのかね？」

「歩いてみたんですが、ここは小さな島ですよ。まわりは海ばかりで、どの辺の島か、他の島なり陸地なりまで、どのくらい離れているのかも、全然、わかりませんね」

「船は？」

「僕たちを運んだ船がある筈だと思ったんだけど、見つかりませんでしたね」

「孤島かね？」

「まあ、そんなところですね。陸地とどのくらい離れているかわからないんじゃあ、泳ぐわけにもいきませんよ」

「どうしたらいいんです？」

山口少年が、十津川を見た。

「もう一度、あそこに戻ってみよう。何かわかるかも知れん」

3

スカイラインGTの助手席で気絶していた千田美知子という女性も、すでに意識を取り戻していた。

十津川が、二人に、一年前の事件のことを話すと、二人は、「あッ」と、声をあげて顔を見合せた。

「確かに、僕たちも、その事件の証人でしたよ」

と、岡村は、眉をしかめた。

「でも、一年前の事件でしょう。なぜ、そのために、こんな所へ連れて来られなければならないんです？　いい迷惑だ。今日から明日にかけて、重要会議があるのに」

「バーから出て来て殺したといいましたね？」

十津川は、刑事の顔になって、カメラマンの浜野を見た。

「ええ。あそこにある『ロマンス』というバーで、犯人と被害者が飲んでいたということでしたよ」

浜野がいい、十津川は、眼の前の小さなバーに向って歩いて行った。

その時、急に、バーの扉が開いて、小柄な老人が、ふらふらと、よろめきながら出て来た。十津川は、倒れそうになる老人の身体を、がっしりした腕で抱き止めた。

「大丈夫ですか？」

「中に――」

「中に、誰かいるんですか？」

「ああ、彼女が――」

かすれた声で、老人がいう。老人というより、初老というべきかも知れない。六十歳になったばかりぐらいの年齢だろう。

十津川は、彼を、浜野たちに委《まか》せて、扉を開けて店に入った。カウンターに、止り木が六つほど並んだ小さな店である。そのカウンターに、俯伏《うつぶ》せになった恰好で、三十五、六歳の女が倒れていた。

和服姿で、かなり厚化粧をしているところをみると、この店のマダムだろうと思いながら、肩に手をかけて、軽くゆすってみると、小さく呻き声をあげ、ぽっかりと眼を開けた。

気がついたところで、十津川が話してみると、彼女は、やはり、この店のマダムで、名前は、三根《みね》ふみ子、三十七歳だった。

「あの殺人事件なら覚えていますよ」

と、ふみ子は、鈍い頭痛がするといいながら、十津川の質問に答えた。

「うちで飲んでいらっしゃったお客さんが、通りへ出てから喧嘩の続きをなさって、若い方が、殺してしまったんですよ。びっくりしましたわ。あの時は」

「もう一人の人も、法廷に証人として呼ばれたわけですか？」

十津川が、店の外をあごでしゃくって見せると、

「あの人も、ここにいるんですか」

「あの人かどうか知らないが、六十歳ぐらいの男の人だ」

「じゃあ、小林《こばやし》さん」

「一緒に、法廷で証言した人ですか？」

「ええ。うちのお客で、あの二人が喧嘩しているのを見てたんですよ。それで、あたしたち一緒に証人にされちゃって」

「証人は、全部で何人だったか覚えていますか？」

「確か、あたしを入れて、七人でしたよ」

「七人ね」

十津川は、頭の中で、一人、二人と数えてから、

「一人足りないな」

「誰がですの？　受験勉強をしてた学生さんかしら？」

「いや。彼はここに来ていますよ。それに、カメラマンと、車で通りかかったアベックも」

「じゃあ、果実店のお婆さんだわ」

「この店の並びにある果実店？」

「ええ。安藤《あんどう》さんてお店なんです。そこの、つねさんていうお婆さんが、証人として呼ばれてましたわ」

「殺人の目撃者として？」

「ええ、と、思いますけど、偏屈なお婆さんで、あたし、あまり話したことがないんですよ。向うも、あたしを軽蔑してるみたいだし――」

「ふむ」

「刑事さん」

「何です？」

「このお店は、本当に、あたしのお店じゃないんですの？　あたしのお店にそっくりだけど」

「外に出てみれば、すぐわかりますよ。それに、壁のカレンダーを、よくご覧なさい」

「あれは、お客さんに頂いたカレンダーですけど」

「去年のカレンダーですよ」

「え？」

ふみ子が、眼をしばたいて、壁にかけたカレンダーを見直している間に、十津川は、外へ出ると、狭い歩道を、安藤果実店に向って歩いて行った。山口と、カメラマンの浜野が追《つ》いて来る。

果実店は、雨戸が閉まっている。その一枚を開け、十津川は、中へ入った。薄暗い中でスイッチを見つけて押してみると、どこからか電気が供給してあるとみえて、明りがついた。

店には、果物や、果物の缶詰が並び、きちんと定価もついていた。店の奥が、六畳の部屋になっていて、そこに、小柄な老婆が倒れていた。安藤つねという老婆らしい。六十九歳の安藤つねが気がついたのは、五、六分してからだった。

他の家も、一軒ずつ調べてみたが、人の姿はなかった。一年前の殺人事件の証人七人と、十津川の八人だけを、何者かが、この孤島へ運び込んだのだ。

人々は、いい合わせたように、通りに集った。そして、改めて、自分たちが、今いる場所の奇妙さに当惑し、驚いている。

十津川は、七人から少し離れた場所に立って、三階建のビルや、一定の間隔で点滅を続けている信号機を眺めた。この無人の島に、鉄材やコンクリートなどを運び込むのは、さぞ困難な作業だったことだろう。尨大《ぼうだい》な労力と、莫大な資金が必要だった筈だ。それに、強い意志もである。

その人間は誰で、何のために、これだけのものを造りあげたのだろうか？

七人の証人が集められたところをみれば、一年前の殺人事件の関係者であろうということは、誰にだって推測される。しかし、その目的がわからなかったし、事件に無関係な十津川まで連れて来た理由も、見当がつかない。

去年の殺人事件について、七人から詳しいことを聞こうと思い、十津川が彼等に近づいた時、エリートサラリーマンの岡村が、

「私は、こんな所でまごまごしていられないんだ。会議があるんでね」

と、さっきと同じことをいい、

「ここから脱け出す方法はないのかね？」

と、カメラマンの浜野を見た。

浜野は、周囲の景色に向けて、続けざまにシャッターを切ってから、

「駄目だね。ここは、孤島で、船がないんだから、逃げ出しようがない。泳ぐ？　しかし、どれだけ泳いだら陸地に着けるかわからないんだぜ。下手をすれば、溺れ死ぬだけだよ」

「外部へ連絡する方法もないのかね？　火を焚《た》いて、この島に我々がいるのを知らせるとか」

「僕も、さっきからそれを考えているんだが、まず、無駄だね。飛行機も飛んで来ないし、船が近くを通る気配もない。つまり、この島は、そうしたものから外れた場所にあるんだ。だから、まず無駄だと思うね」

「しかし、私には仕事があるんだ。今日、明日の幹部会議に出なければならないんだ」

岡村が、いらだたしげにいうのへ、浜野は、からかい気味に、ニヤッと笑って、

「会社のことは、しばらく忘れた方がいいな。下手をすれば、我々は、殺されるかも知れないんだから」

「殺されるですって？」

バーのマダムの三根ふみ子が、思わず、甲高い声をあげた。

「そうさ。誰かが、我々を気絶させて、ここへ運んだ。そいつは、殺そうと思えば、いつだって殺せたんだ」

「でも、殺さなかったわ」

「ああ。だがね。ひょっとすると、この離れ小島に置いてけぼりにして、じわじわと飢え死にさせる気かも知れない。とにかく、我々の生死は、そいつに握られているんだからね」

「でも、あんたは、なんだか楽しそうにしてるじゃないの」

明らかに、ふみ子の眼には、浜野に対する非難の色があった。

「あんただけが、カメラであたしたちを撮りまくったり、あっち、こっちに首を突っ込んで、メモをとって、楽しそうよ。ひょっとして、あたしたちを、ここへ連れて来たのは、あんたじゃないの？」

「冗談じゃない。僕は、カメラマンだ。僕の仕事は、社会の動きを、このカメラに納めることなんだ。今度の妙な事件だって、記録しておきたい。だから、撮りまくっているだけのことだよ」

「何か食べる物はないのかな」

と、山口博之が呑気なことをいった。この十九歳の少年には、危機感よりも、飢餓感の方が、より切実なのだろう。

「あの果実店に、いくらでも果物があるよ」

浜野が、果実店を指さし、山口が、肯いて、そちらへ歩きかけると、果実店の安藤つねが、眼鏡の奥の細い眼で、じろりと山口を睨《にら》んで、

「食べるのはいいけど、お金は払って下さいよ」

「お金って、あれは、本当のおばあさんの店じゃないよ。いくら食べたって、おばあさんが損するわけがないじゃないか」

「でも、あたしの店ですよ。食べるんなら、お金を払って貰いますからね」

「わからないばばあだなあ」

と、山口は、舌打ちをした。

ふみ子が、そんな山口に、

「あたしの店にいらっしゃい。何かあるかも知れないから」

と、誘った。

のどが渇いたという者もいて、安藤つねをのぞいた六人が、ぞろぞろと、バー「ロマンス」の中へ入って行った。

十津川も、彼等と一緒に、店に入った。

小林啓作《けいさく》という老人は、いかにも、この店の常連という感じで、すぐ、止り木に腰を下したが、他の者は、突っ立ったまま、さして広くない店の中を見回している。

「どうぞ、お坐りになって」

と、ふみ子が、声をかけた。彼女の意識の中で、自分の本当の店と、このイミテーションの店が、ごちゃごちゃになっているようだった。それほど、よく似ているということなのだろう。

ふみ子は、カウンターの中に入り、冷蔵庫を開けてから、

「あら、あたしの本当の店と同じ物が入ってるわ」

と、声をあげた。意外そうでもあり、嬉しそうでもあった。

ふみ子の手によって、ウイスキーの水割りや、コーラなどが出された。お湯もわかされ、腹が空いている山口に、ふみ子は、インスタントラーメンを作ってやった。

全員が、すぐ口をつけたわけではなかった。場合が場合だけに、毒が入っているのではないかと疑った者も多かったらしい。が、のどの渇きと空腹には勝てなかったらしく、一人が、グラスを口に運ぶと、全員が手を伸ばした。

「あのおばあさんも、呼んであげたらどうかしら？」

と、コーラを一口飲んでから、今まで黙っていた千田美知子が、誰にともなくいった。

ふみ子は、「いいんですよ」と、手を振って、

「あのおばあちゃんは、この辺じゃあ、偏屈で通ってるんです。あそこのお嫁さんなんか、いつも泣かされていましてね。そうだ。あの事件の時だって、お嫁さんが、あのおばあちゃんと喧嘩して実家に帰っちゃって、それを迎えに、ご主人が出かけていって、おばあちゃんが一人で店番をしてたんですからね」

「その事件のことですがねえ」

十津川は、やっと、きっかけをつかんで、そこにいる六人の男女に話しかけた。

「くわしいことを話してくれませんか」

十津川の言葉で、六人は、一斉に彼を見たが、すぐには、答えてくれず、白髪《しらが》まじりの小林啓作などは、口をとがらせて、

「昔の事件のことなんかより、私たちを、ここから連れ出す方法を考えてくれませんかね。あんたは、刑事なんだから」

「確かに刑事ですが、私一人では、皆さんをこの島から逃がすことは、今のところ、ちょっと無理ですな」

と、十津川は、苦笑して見せた。

だが、小林は、妙にねちっこい喋り方で、

「しかし、刑事の第一の仕事は、私たち市民の安全を守ることでしょうが、今、私た

ちは、どこかわからない島に連れて来られて、安全がおびやかされている。違いますか？」

「確かにそうですがね」

「それなら、何とかしてくれたらどうです？　こんな所で落ち着いておらんで、島の中を動き回って、脱け出す方法を考えてくれたらどうなんですか？」

小林の言葉には、いらだちと棘《とげ》が感じられた。その尻馬に乗るように、岡村が、

「私も同感ですね。とにかく、一刻も早く、我々が東京に戻れるようにしてくれないと困る」

「だから、そのためにも、一年前の事件のことを、くわしく知りたいのですがねえ」

「そんな昔のことなんか、どうでもいいじゃないか。脱出の方法さえわかればいいんだから、それを考えて下さいよ」

「それは――」

と、十津川がいいかけた時、いきなり、浜野が、カメラのフラッシュを焚いた。刑事である十津川と、小林のやりとりが面白かったのだろう。温厚な十津川も、一瞬、むっとして浜野を睨んだ。ふみ子ではないが、このカメラマンが、面白い事件の写真を撮りたくて、こんな悪戯《いたずら》をしたのではないかと思ったくらいだった。

「刑事さん」

と、一番端に腰をかけていた山口が、十津川に向って、声をかけた。

「ここに新聞があるんだけど、よく見たら、去年のやつで、事件のことが出ていますよ」

十津川は、その新聞を受け取った。確かに、山口のいう通り、去年の新聞で、丁度一年前に起きた殺人事件が、社会面に載っていた。

「本当に去年の新聞なんですかア?」

と、ふみ子が、カウンターの向うから覗《のぞ》き込んだ。他の四人も、十津川の手にした新聞に眼をやったが、なぜか、黙っていた。

十津川は、去年の新聞を、わざわざ置いておく犯人のしたたかさに感心しながら、その記事に眼を通した。

二つの顔写真が出ている。

一人が被害者であり、一人が加害者である。

被害者の名前は、木下誠一郎《きのしたせいいちろう》、三十七歳とあり、加害者の方は、二十一歳の青年で、名前は、佐伯信夫《さえきのぶお》。

新聞の報道が正しければ、佐伯信夫は、バー「ロマンス」で飲んでいる中に、同じ店で飲んでいた木下誠一郎と、ささいなことで口論となった。その場は、マダムのふみ子の取りなしで収まったが、外に出てから怒りがぶり返し、通りの暗がりで、木下誠一郎に追いすがり、持っていた刃渡り約十五センチのナイフで背後から刺殺した。

　これが、事件の全てだった。新聞を読む限り、そのように思えるし、事件を扱った警察や、裁判所も、そう考えたらしい。だから、この佐伯信夫という二十一歳の青年は、有罪判決を受けたのだ。

　佐伯信夫が、どんな青年かということも、書いてあった。

　無職、前科一犯（強盗）、住所不定
　これだけである。悲しいほど短い紹介である。しかも、この短い言葉は、決定的な印象、或は先入観を相手に与えてしまうだろう。いかにも、殺人犯にふさわしい経歴だ。

　それに反して、被害者である木下誠一郎の略歴は、華やかだった。

　太陽物産第三営業課長。妻冴子《さえこ》（三十二歳）と、長女めぐみ（四歳）の家族あり。

　太陽物産といえば、大手商社の一つである。三十七歳でそこの営業課長なら、エリートコースを歩いていたとみていいに違いない。妻君も、多分、大学出の才媛で、子供も利発だろう。つまり、理想の家族だったわけだ。

これほど、対照的な二人の人物というのも珍しいと、十津川は思った。

佐伯はいかにも加害者らしく、木下の方は、いかにも被害者らしい。事件を知らない人間が、この二人の顔写真を見、略歴を読んでも、十中八、九、佐伯が犯人で、木下が被害者だと考えるだろう。

「この佐伯という男は、結局、何年の刑になったんですか？」

十津川が、新聞から眼をあげてきいた。

「確か、九年じゃなかったかな」

と、山口が、眼を宙に走らせながら答えてくれた。

4

五時を過ぎると、島全体を、急速に夕闇が閉じ込めていった。それまで、十津川や、証人たちが、ただいたずらに、バーで飲み食いしていたわけではない。果実店の安藤つねは、動こうとしなかったが、他の者は、手分けして、島の中を、脱出の手段を探して歩いたのだが、再び、バー「ロマンス」の前に集った時、彼等の顔に浮んでいたのは、疲労と落胆の色だけだった。この島の周囲に広がるのは、コバルトブルーの海だけで、対岸は見えず、近くを航行する船の姿も視界に入って来なかった。証人たちの中には、このまま、この、どこともわからない島で、餓死するのではないか、それが、自分たちをここに運んだ人間の目的なのではないかと考えて、絶望的な表情をする者もいたが、その点に関しては、十津川は、違う考えを持っていた。

餓死させるのが目的ならば、大金を投じて、街の一角をわざわざ作ったりはしないだろうし、食料や飲物を用意しておいたりはしないだろう。犯人の目的は、他にあるのだろうが、それが想像がつかない。

夜の気配が濃くなると、街灯に明りがともった。

街灯は、片側に三つずつ、合計六ヵ所に立っていたが、その中の一つが、点《つ》かなかった。が、十津川には、なぜかそれが、偶然の故障とは思えなかった。十津川たちの招待者は、用意周到な人間なのだ。本物そっくりな街を、孤島に造りあげただけではない。バー「ロマンス」の中には、去年のカレンダーをかかげ、去年の殺人事件を報じる新聞を置いてあった。全てが計画されたことに違いない。とすれば、街灯の一つが消えているのも、犯人が計算したことではないだろうか。

「去年の殺人事件の時だがね。街灯が一つ消えていたんじゃないのかな？」

と、十津川が、山口にきいてみると、背のひょろりと高い、額にニキビの出ている若者は、首をかしげながら、

「そうだったかも知れない。人殺しがあったのは、丁度あの辺りで、ちょっと暗かったから」

と、いった。

やはりと、十津川は思った。犯人は、一年前の殺人事件の時の状態を、そっくりそのまま再現しようとしているのだ。

夜が深くなるにつれて、肌寒くなってきた。三月の末だから、このくらいの寒さが普通であろう。

見上げると、円《まる》い月が出ていたが、いかにも春のそれらしく、ぼうっと煙ったように見える。

証人たちは、また、「ロマンス」に集ってきた。外にいては寒かったし、といって、他に行く所もないからである。果実店の安藤つねも、夜になって、たった一人でいるのは不安だったのか、今度は、仲間に入った。

誰もが、孤島に閉じ籠められたという気持で、口が重くなっていた。岡村は、水割りを口に運びながら、ぶつぶつ文句をいっていたし、千田美知子は、わざと岡村から離れた椅子に腰を下し、時々、溜息をついている。

小林啓作は、やたらに煙草をふかしていた。この初老の男が、十津川には、一番よくわからない人物だった。小柄で、冴えない顔立ちのこの男は、会社でも、どこでも目立たない存在に違いない。そんな男が、殺人事件の証人になったことで、無理矢理に孤島に連れて来られて、戸惑っている、そんな感じだった。

山口は、自分の部屋、正確にいえば、自分の部屋によく似た部屋から、劇画雑誌を数冊抱えて来て、店の隅で読んでいる。二浪だそうだが、そのことで悩んでいるようには見えない。多分、親に甘やかされて育っているのだろう。

安藤つねは、カウンターには坐らず、一人だけ、わざわざ小さな木の椅子を自分の店から持って来て、それに腰を下していた。いかにも、がんこな老婆という感じだった。絶えず、嫁と口論しているというふみ子の話が、十津川には肯けた。一緒に住むには、きっとしんどい女だろう。

昼間の中、やたらに写真を撮りまくっていた浜野も、夜になってから、疲れたのか、それとも、他の証人と同じような不安に襲われたのか、カメラを脇に置き、黙って、ウイスキーを口に運んでいる。アルコールには強いらしく、さっきから、もう、水割りを五、六杯あけているのに、酔った気配は全く見せていなかった。

十津川は、腕時計に眼をやった。すでに、十一時を回っている。一年前の新聞によれば、殺人事件が起きたのは、丁度一年前の午前零時十五分頃となっている。

(その時刻になると、何かが起きるのだろうか？)

十津川が、そう考えた時である。

店の裏で、突然、「だあーん」と、空気を引き裂く激しい銃声が起きた。

十津川は、反射的に内ポケットに手をやった。が、拳銃は、署に置いて来たことを思い出した。他の連中は、ぎょっとして、いい合せたようにお互の顔を見合ってから、恐る恐る、窓越しに、通りに眼をやった。

十津川は、外に出た。それに勇気づけられたように、七人の証人たちも、彼の背後から、ぞろぞろと、通りに出て来た。

一つだけ消えている街灯の下に、人影が見えた。

ゆっくりと、こちらに向って歩いて来る。猟銃を手に持った男だった。老人だが、大きな、がっしりした身体をしていた。革ジャンパーに包まれた身体は、よく鍛えられている感じがした。

「やあ。皆さん」

と、男は、銃を構えて、通りの真ん中で立ち止まり、十津川たちに声をかけた。低く、太い声だった。

「あなたが、私たちをここへ連れて来たのかね？」

十津川が、きいた。

「その答はイエスだ」

「理由は？」

「私が、一年前の殺人事件で有罪になった佐伯信夫の父親だからだ」

「父親だって？」と、岡村が、十津川の背後《うしろ》から、顔だけのぞかせて、相手にいった。

「あの犯人は、母親の手一つで育てられ、その母親が死んでから、ぐれ出したと聞いたがね」

「私は、十八年前、ある女と別れた。それが、今あんたが犯人といった佐伯信夫の母親だ。別れた理由はいろいろあったが、私と妻の年齢差が、一番の理由だった。あの時、私は、すでに四十六歳だったのに、妻はまだ二十六歳になったばかりだったからね。その時、信夫は四歳だった。だから、血がつながっている、私の息子だ。別れたあと、私はブラジルに渡り、一応の成功をおさめた。小さいが、牧場主になった。そして十八年ぶりに日本へ帰ってみると、血を分けた信夫は、殺人犯になっていた」

「それで、腹が立って、私たちをここに連れて来て、その銃で殺そうというのかね？」

岡村が、蒼い顔できいた。声がふるえている。

相手は、自分の持っている猟銃に眼を落した。

「殺しはしない」と、男はいった。

「ただ、十八年間、放りっぱなしにしてきたことへの償いを、私は、信夫にしてやりたいと思っている。父親としての償いだ。そのために、ブラジルの牧場を売り払い、その金で、この島に、こんな物を造りあげたのだ」

「償いなら、他に方法もあるんじゃないかね」

同年齢ぐらいの小林啓作が、眉をしかめて、男を見た。

「確か、あんたの息子さんの刑期は、九年だった筈だ。まだ二十一歳の若さなんだから、出て来たって、三十歳じゃないか。そのあと、息子さんの面倒をみてあげたらどうなんです？　それこそ、ブラジルへ連れて行ったらいいじゃないですか？」

「私も、それがいいと思うね」

と、岡村もいった。

男の表情が、厳しくなった。

「あなた方は、知らないのか？」

「何をだね？」

小林啓作が、きき返す。男は、強い眼で、小林の視線をはね返した。

「あなた方は、無責任な人たちだ。あなた方七人の証言によって、私の息子は、刑務所へ放り込まれた。いわば、あなた方が放り込んだのだ。それなのに、あなた方は、誰一人として、息子が、刑務所内で病死したのを知らなかった。ひどい人たちだ」

男の言葉に、七人の証人は、黙って顔を見合せている。

しかし、余程の凶悪犯か、有名人でない限り、その犯人が刑務所で病死したところで、新聞に載りはしないし、従って、事件の証人も気がつきはしない。ここにいる七人が知らなかったとしても、無理はないのだ。それを十津川が口にしようとした時、男は、また「ひどい人たちだ」と繰り返した。

「息子は、裁判でも、刑務所内でも、無実を訴え続けていたと、私は聞いた。息子が死んでしまった今となっては、私がしてやれることは、彼が主張していたように、無実を証明してやることしかない。だから、あなた方を、ここに集めたのだ」

「しかしねえ――ええと」

「私の名前は、佐々木《さ さ き》だ。佐々木勇造《ゆうぞう》だ」

「佐々木さん」

と、岡村は、いかにもエリート社員らしい、冷静さで、相手にいった。

「あなたにはお気の毒だが、息子さんは有罪でしたよ。私たちの証言に間違いはなかったし、弁護士も、反論できなかったんだから」

「金のない息子は、熱のない、無能な弁護士しか与えられなかった。私は、帰国して裁判記録に眼を通して、弁護士の無能さにあきれた。熱のない弁護だったといってもいい。もし、もっと有能な弁護士がついていたら、息子は、無罪の判決を受けていたかも知れない。病死する時も、きっと、そのことを口惜しみながら死んでいったと、私は思っている。その息子へのたむけにも、私は、あなた方証人に、一年前の殺人事件の時の証言を、もう一度、ここでして貰いたい。息子が無実ならば、あなた方の証言のどれかが間違っているか、誰かが嘘の証言をしたのだ」

「そんなことはない。私たちは、みんな正しい証言をした筈ですよ」

「嘘なんかつくもんですか」

「僕は、見た通りをいったんだ」

岡村や、ふみ子や、山口が、次々に反論するのへ、佐々木は、冷たい眼で彼等を見すえて、

「判断するのは私だ」

と、大きな声でいった。

「佐々木さんといったね」

十津川が、わざと、のんびりした声で、相手に話しかけた。

佐々木の視線が、十津川に向いた。十津川は、相手に断ってから、煙草をくわえて火をつけた。まさか、銃で撃ちはしまいと思っても、万一ということがある。こんな時には、煙草でも吸って、重苦しい空気を、少しでも柔らげた方がいい。

「この七人の証人を集めた理由はわかったが、私は、なぜ、ここへ連れて来られたのかね？　一年前のあの事件を担当したのは私じゃない」

「それはわかっていて、あなたを連れて来たのだ」

「なぜ？」

「息子を逮捕した刑事たちは、頭から、息子の犯行と決めつけて事件を捜査したふしがある。検事も同じだし、担当弁護士は、今もいったように無能だから、今更、ここに呼んでも何の役にも立たん。だが、私は、有能な立会人が欲しかった。私が、この銃の力で、無理矢理、嘘の証言をさせても、死んだ息子は喜ばんだろう。私が知りたいのは、真実なのだ。息子が無実なら、あなた方の証言が間違っているのだ。十津川警部、あなたには、それを見定めて貰いたい。黙って見守っていてくれればいい。その七人の証言の矛盾や嘘は、私が判断する。幸い、私は、単身ブラジルへ渡ってから十八年、人並以上の苦労を重ねて来て、人の言葉の嘘が見抜けるようになっているからね」

「一人でも嘘をついたとわかったら、その銃で殺す積りかね？」

「そうだな」

佐々木は、また、自分が手に持つ猟銃に眼を落とした。

「その時になってみないとわからん。ただし、私が命がけだということを、肝に銘じておくことだ。もし、私に非協力的だったり、逃げ出そうとしたりしたら、容赦なくこの銃で射殺する」

「そんなことをしたら、あんたも、息子さんと同じように、刑務所入りだぞ」

小林が、声をふるわせていった。

佐々木の陽焼けした顔に、小さな笑いが浮んだ。

「私は、死んだ息子のために、十八年間働いて礎きあげたもの全てを売り払って、この島に注ぎ込んだのだ。もう私は無一文だし、家族もない。刑務所入りも怖くはない」

佐々木の言葉に、小林は、黙ってしまった。

十津川は、煙草をくわえたまま、じっと、佐々木を見つめていた。たとえ十八年前に別れたとはいえ、ただ一人の息子が、無実を叫び続けながら獄死したとすれば、佐々木の怒りが、理解できないわけではない。殺人事件のあった場所と、全く同じ街並みを、孤島に造りあげてしまうというのは、いかにもとっぴだが、十八年間、ブラジルの広大な大地で生きて来たこの老人には、それほどとっぴな行為ではないのかも知れない。

しかし、事情はどうあれ、警察官である十津川は、もし、佐々木が、殺人を犯そうとしたら、それを、身体を張ってでも制止しなければならぬ。十津川は、佐々木の顔を見ながら、その覚悟を決めていた。

佐々木は、腕時計を、街灯の明りにすかすようにして、時刻を確かめた。

「では、一年前の殺人事件について、順番に証言して頂こうか」

第一章　第一の証言

被告人ハ、三月二十六日午後十時四十分頃、A町三丁目ノ交叉点近クニアルバー「ロマンス」ニ、一人デ来店シ、主トシテ、ウイスキーノ水割リヲ飲ンデイタガ、タマタマ、同店ニ来テイタ客ノ一人、太陽物産第三営業課長木下誠一郎（三七）ト口論ニナリ、被告人ハ、ジャンパーノ内ポケットカラ、刃渡リ十五センチ余リノジャックナイフヲ取リ出シテ脅シタノデ「ロマンス」ノマダム三根ふみ子（三六）ガ、アワテテ両人ヲ押シトドメタ。ソノタメ、一応ソノ場ハ納マッタガ、午前零時近クニナリ、木下誠一郎ガ店ヲ出テ行ッタアト被告人ハ、突然、カウンターノ上ニ放置シテアッタ前記ノナイフヲ摑ミ、木下誠一郎ノ後ヲ追ッテ飛ビ出シテ行ッタ——

（警察調書ヨリ）

1

佐々木の銃に追われる恰好で、十津川と七人の証人は、バー「ロマンス」の建物の中に入った。

佐々木は、胸ポケットから、警察調書の写しを取り出し、「ロマンス」が関係している部分だけを読みあげた。

「まず、ここから始めよう。私の息子が入って来たところから証言して貰いたい。マダムの三根ふみ子さんは、カウンターの向うに入ってくれないかね。息子が来た時、あなたは、そこにいたんだろう？」

「ええ」

と、答えてから、ふみ子は、カウンターの中に入った。表情が堅いのは、当り前だろう。

佐々木の視線が、小林啓作に向けられた。

「確か、あなたが、私の息子が来る前に、この店に来ていた筈だ」

「ああ、そうだよ」

と、小林は、ぶっきら棒に答えた。

「おかげで、殺人事件に巻き込まれて、いい迷惑だった。忙しいのに、警察では調書を取られるし、裁判では証言させられるしな」

「私の息子は、あなたの証言のおかげで、有罪判決を受けたうえ、獄死したんだ」

「人殺しをやったんだから当然の報いだ。佐々木さんとかいったね。いっておくが、そんな猟銃に脅かされたからって、一年前の証言は変えんからな」

「私は、無理に変えてくれとはいっていない。正直に証言して欲しいといっているだけだ」

「私が、一年前に、嘘をついたとでもいうのかね？」

小林は、眼をとがらせた。この老人は、怒りっぽい性格なのだろうか。それとも、こんな特殊な状態に置かれたので、神経質《ナーバス》になっているのだろうか。

十津川は、店の椅子に腰を下して、そんなことを考えていた。

佐々木が、第三者として十津川を呼んだのは正しかったということが出来る。十津川は、冷静だったし、一年前の殺人事件について、先入主を持っていないことがよかった。新鮮な眼で、事件の再現を見守ることが出来るからである。

「小林さん」

佐々木は、自分を睨んでいる小柄な老人に声をかけた。

「あの夜と同じ椅子に腰を下して貰いたいが」

「いうことを聞いて」

と、ふみ子が、小声で、小林にいった。

小林は、小さく舌打ちをしてから、ふみ子と向い合って腰を下した。

「あの時と同じものを注文して」

佐々木は、カウンターの端に腰を下して指図した。まるで、何かの撮影風景のようだった。さしずめ、佐々木は、監督というところだ。

「ビール」

と、小林はいった。

ふみ子が、グラスを小林の前に置き、ビールを注いだ。小林が、いくらか自棄《やけ》気味に、ひと息に呑みほした。

「なかなか強いんだね」

佐々木が、銃を膝の上にのせた恰好で、小林にいった。

「いけないかね？」

小林が、また睨み返す。

「いけなくはない。願わくば、アルコールで舌をなめらかにして、正直に話して貰いたいものだな。よく、この店に来るのかね？」

「それが事件と、どんな関係があるんだ？」

「死にたくなかったら、私の質問には正確に答えて貰う」

佐々木が、冷たく、突き放すようないい方をした。小林の小さな眼に、怯えの色が走った。相手を睨んだり、突っかかったりしているが、この老人は、もともと、臆病なのだろうか。

「わかったよ。家が近くだから、よく飲みに来るんだ」

「常連というわけだね？」

「ああ」

「ところで、私は、ここにいる七人について、あらかじめ、私立探偵社に頼んで調査して貰った。その資料は、この頭の中に入っている。小林さん。あんたは、去年の四月、六十歳で定年になり、三十二年勤めた会社を辞めている。退職金は、七百五十万円だった。三十二年間に対する報酬としては、安い金額だと思う」

「余計なお節介だ。それに、事件が起きた時は、私は、まだ不動産会社の社員だったんだよ。だから、定年退職や、安い退職金は、事件とは無関係だ」

「そうかも知れないが、私は、正確を期したいのだ。一つの証言が行われた場合、その証言自体も大事だが、その証言を行った人間自身も大事なのでね。もう一ついえば、あなたは、六年前に妻君に先だたれ、一人娘は、北海道に嫁いでいて、やもめ暮らしだった」

「ああ、そうだよ。だから、毎日、会社の帰りに、この店に寄っているんだ。悪いかね？」

「会社が五時に終るとして、いつも、この店に来るのは、何時頃だったね？」

「だいたい六時半から七時頃だよ」

「あの夜も？」

「ああ」

「しかし、殺人があった時刻にも、あなたは、店で飲んでいたことになっている。五時間も粘っていたのかね？」

「いつもは、一、二時間で帰るんだが、あの夜は、あんたの息子が、酔っ払って、被害者の木下誠一郎さんと口論を始めてしまった。ナイフまで持ち出す騒ぎで、マダム一人では心配だったから、ずっと、残っていたんだ」

「なるほど、次は、被害者が店に来た時のことを聞きたい。彼は、私の息子より先に来たんだね？」

「ええ。そうですよ」

と、マダムのふみ子が答えた。

佐々木は、小林から、ふみ子に眼を移した。

「被害者が入って来た時刻は、何時頃だったね？」

「確か、九時半頃でしたよ」

「前にも、この店に来たことがあったのかね？」

「いいえ。あの夜が初めてでしたよ。お飲みになりません？　ビールでも」

「いや。私はいい。ところで、被害者の木下誠一郎は、太陽物産第三営業課長というエリート社員だった。こういっては、あなたには悪いが、この店は、エリート社員が来るような店じゃない。それに、木下誠一郎の家は、ここからかなり離れている。それなのに、なぜ、あの夜、被害者は、この店にやって来たんだろう？」

「そんなことは知りませんよ。あたしは、ただ、いらっしゃったお客様にサービスするだけですから」

「被害者は、一人で来たんだったね？」

「ええ」

「拘《こだ》わるようだが、被害者は、なぜ、その夜、この店に来たんだろう？」

「それが大切なんですか？」

「わからないから、知りたいんだ」

「タクシーで通りかかって、急にのどが渇いて来たんで、寄ってみたというようなことを、いっていたみたいだったがね」

小林が、二杯目のビールを、のどに流し込んでから、佐々木にいった。

「その通りかね？　マダム」

佐々木が、ふみ子に、確認を求めた。が、彼女は、首を小さく横に振って、

「あたしは、覚えていませんね。第一、そんなこと、事件にどんな関係があるんですか」

「では、先に進もう。被害者は、店に来て、どこに坐ったのかね？」

「そこですよ」

ふみ子は、小林から一つ飛んだ椅子を指さした。

「それで、何を注文したのかね？」

「水割りです」

「飲みながら話したことは？」

「それが、無口な方でしてねえ。ほとんど喋らずに飲んでいらっしゃいましたよ」

「小林さん。あなたとも、被害者は話をしなかったのかな？」

「ああ。私自身も無口な方なんでね。太陽物産のエリート社員だなんてことも、事件のあと、新聞で知ったくらいだ」

佐々木は、すぐには次の質問をしようとせず、じっと、ふみ子と小林の顔を見つめていた。これまでの二人の証言を、頭の中で検討しているのだろう。

2

「次に、いよいよ、私の息子のことだが、警察の調書によれば、信夫が店にやって来たのは、午後十時四十分頃となっているが、この時間に間違いはないかね？」

「調書にそう書いてあるんなら、その時間ですよ。あたしが、刑事さんにきかれて答えたんだから」

ふみ子がいい、小林も肯いた。

「信夫は、どこに坐ったのかね？」

「私と被害者の間に、割り込んで坐ったんだ」

と、小林は、隣りの椅子を手で叩いて見せてから、

「もう、どこかで飲んで来たとみえて、酒臭い息を吐いていたよ」

「ここで飲んだのは？」

「ウイスキーの水割りでしたけどね。のどに流し込むみたいな飲み方でしたよ。なんだか、自棄みたいな飲み方で」

ふみ子が、眉をひそめていった。

「そして、被害者と口論した――？」

「ええ」

「口論のきっかけは、一体何だったのかね？

「詰らないことですよ。肩で押したとか押さなかったみたいなことから、先に、あなたの息子さんが、怒鳴り出したんですよ。そのうちに、ふいに、息子さんが、ポケットからナイフを取り出したんです。パチンと、刃を出して。ずい分大きなナイフでしたよ」

「これだったかね」

佐々木は、ポケットからジャックナイフを取り出し、カウンターの上を、ふみ子と小林の方へ滑らせた。

ふみ子は、一瞬、身体をカウンターから退がらせたが、次には、恐る恐る手を伸ばして、そのナイフをつかんだ。

「ええ。こんなナイフでしたよ。こんなものを振り回すんで、あたしが、あわてて止めたんです」

「その振り回すというのは、あくまで言葉の綾《あや》で、息子が、ナイフを本当に振り回したわけじゃないと思うんだが？」

「そりゃあねえ。本当に振り回してたら、止めに入ったあたしだって、怪我してますよ」

「すると、実際にはどうだったのかね？　ナイフを取り出して、相手に見せた、それだけのことじゃないのかな？」

「違いますよ。そんな優しいもんじゃありませんでしたよ。こう右手に持って——」と、ふみ子は、ジャックナイフを右手に持ち、刃先を、佐々木の鼻先に突きつけて、

「つべこべいうと、ぶすっといくぞって、脅したんですよ」

「しかし、実際には、刺しはしなかった？」

「ええ」

「あなたが仲に入って、それからどうなったのかな？」

「被害者の方が、気を悪くしたら許してくれと、先に謝って下さったんですよ。それで、何となくおさまって——」

「私の息子は、謝らなかったのかね？」

「ええ。悪酔いしてましたからねえ」

「それで、ナイフは、息子から取りあげたわけだね？」

「ええ。息子さんからもぎ取って、カウンターの上に置いたんです」

「息子は、抵抗しなかったかね？」

「ええ。まあ」

「息子からナイフを取り上げたのが何時頃だったか覚えているかな？」

「何時頃だったかしら。とにかく、あのごたごたがあってから三十分ぐらいして、被害者の木下さんが、お帰りになったんですよ」

「警察調書によると、午前零時近くなって、被害者が先に店を出て行ったとなっているから、その三十分前というと、十一時半頃ということになるね？」

「ええ。そのくらいだったかも知れませんねえ。でも、そんな時間なんか、たいして意味がないんじゃないかしら。木下さんが先に帰って、そのすぐ後、あなたの息子さんが、ナイフを手にして飛び出して行って、刺し殺したんだから」

「そうかも知れんし、違うかも知れん。判断は、私がする」

「どうぞ、ご勝手に」

　ふみ子は、ふてくされたようにいい、自分も、ビールを口に運んでから、店の隅にひとかたまりになっている他の五人の男女に向って、

「何か召し上がるんなら、遠慮なくおっしゃって下さいな。どうせ、ここにあるのは、みんな、この怖い人のものなんだから」

「僕は、ジンライムが欲しいね」

カメラマンの浜野が、ニヤニヤ笑いながら、手を差し出した。が、他の者は、一様に堅い表情で、首を横に振った。

ふみ子が、ジンライムを作って、浜野に渡した。浜野は、

「タダなんだから、みんなも飲めばいいのに」

と、いいながら、ぐッと空けた。そんな若い浜野の顔を見ながら、十津川は、

(無理をしているな)

と、思った。必要以上に、平然さを誇示しようとしている。誇張された演技は、どんな時でも、あまり見よいものではない。

(この男は、案外に小心なのかも知れない。それをかくそうとして、わざと、ジンライムを注文したのではないだろうか)

十津川が、そんな風に考えている間に、佐々木は、猟銃を持ち直してから、

「私の息子と、被害者が口論し、マダムが止めに入っている間、あなたは、何をしていたのかね?」

と、小林を見た。その言葉を、非難と受け取ったのか、小林は、口をへの字に曲げて佐々木を睨んだ。

「私は、飲んでいたよ」

「制止せずに?」

「いけないかね？　ああいう時、私が止めに入ったら、かえって、騒ぎが大きくなるんだ。私だって酒が入ってたからね。女がやんわりと止めた方がいい。だから、マダムに委せて、私は、酒を飲んでいたんだ。案の定、あっさり収まったよ」

「今、案の定、あっさり収まったといったね？」

「それがどうかしたのかね？」

「つまり、あなたは、大した騒ぎじゃないと思っていたわけだ。マダムが止めに入れば、簡単に収まると思っていた。だから、あなたは、何もせずに酒を飲んでいた」

「何度も念を押すことはないだろうが」

「しかし、私の息子は、ジャックナイフで被害者を脅したことになっている。それでもあなたは、大した騒ぎじゃないと考えていたのかね？」

「ああ。本当に刺すとは思わなかったのさ。いけないのかね？」

「いや。とんでもない。私は、あなたの今の言葉を信用するよ。つまり、大した騒ぎじゃないとあなたは思い、事実そうだった。マダムが止めたら、すぐナイフを彼女に渡したくらいだからね。しかし、そうだとすると、おかしいことにならないかな。大した口論じゃなかったのに、なぜ、息子は、わざわざ、後から追いかけて行って、被害者を刺したんだろう？」

「そんなこと、私は知らんね。きっと、金を強奪しようとして、追っかけていったんだ。捕まった時、あなたの息子は、被害者の財布を持っていたんだ。警察の調書にも、ちゃんと書いてある筈だよ」

「ああ、読んだから知っている。私の息子は、現場から八百メートルほど離れたラブホテルで逮捕され、その時、被害者の財布を所持していた。現金五万三千五百円入りのね。だが、息子は、殺して盗ったとはいっていない」

「あなたの息子は、裁判でも、確かに否認したよ。しかしねえ。酔っていて何も覚えていないなんてのは、嘘としては最低だ。息子さんには、強盗の前科がある。この店で飲んでいる時、被害者が財布から金を払うのを見た。その時、また金が欲しくなって、あわててナイフを持って後を追い、刺し殺して奪ったんだ。他には考えられないね。警察だって、裁判官だって、そう考えたからこそ有罪になったんだ」

二人のやりとりを聞いていると、十津川の頭の中で、一年前の殺人事件というのが、次第に、はっきりした形をとって来た。

エリート社員が、バーを出たあとで、ジャックナイフで殺された。そして、ジャックナイフの持主は、ラブホテルで逮捕され、被害者の財布を持っていたし、強盗の前科があった。その上、酔っていて覚えていないでは、犯人だと自供しているようなものではないか。

佐々木が、何というかと、十津川が興味を持って見守っていると、陽焼けしたブラ

ジル帰りのこの老人は、逞《たくま》しい肩を、ひとゆすりしてから、

「私の息子は、私に似て逞しい身体をしていた。身長一八〇センチ。体重七八キロ。キックボクシングをやったこともある」

「それがどうかしたのかね？」

「殺された木下誠一郎は、背は高いが、痩せていた。趣味も、読書とマージャンだということだから、腕力が強かったとも思えない」

「だから？」

小林が、眼を光らせて、佐々木を見た。

「だから、息子は、金が欲しかったら、別にナイフで刺さなくたって、殴り倒して奪えばよかったのだ。前に強盗を働いた時は、そうしている」

「相手に抵抗されたから刺したのかも知れないがね」

「被害者は、背後から背中を刺されているんだ。抵抗されて、止むを得ず刺したのなら、他にも傷がなければならないのに、被害者の身体にあった傷は、背中の一ヵ所だけだった」

「ねえ。佐々木さん。何をいいたいのか知らないが、息子さんが、ナイフをつかんで、木下さんの後を追いかけるように店を飛び出して行ったのは事実なんだよ」

「それを見ているのは、あなたとマダムの二人だけだということも事実だ」

「私やマダムが、嘘をついているとでもいうのかね？」

小林が、顔を真っ赤にして、佐々木に嚙みついた。

佐々木は、あくまで冷静な眼で、小林を見返して、

「私がいっているのは、息子が金を奪うために人殺しをするのは不自然だということだけだ。また、酒を飲んでいる時の口論を根に持って殺したにしては、その口論が、あまりにもあっさりと収まってしまっている。そこで、マダムにききたいんだが」

「え？」

急に声をかけられて、ふみ子が、びくっとしたように眼をあげた。

「わからないことが一つある。あなたは、口論を止めて、私の息子からナイフを取り上げたんだったね？」

「そうですよ」

「しかし、そのナイフを、なぜ、カウンターの上に置いておいたのかね？　調書によれば、息子は、カウンターの上に放置してあったナイフをつかんで、飛び出したことになっているからね」

「いけないんですか？　カウンターの上に置いておいちゃあ」

「あなたは、さっき、息子が、ジャックナイフの刃先を、被害者の鼻先に突きつけて脅したといった筈だ。取りあげたナイフは、当然、カウンターの下にでも隠すのが自

然じゃないかね？　違うかね？」

佐々木の質問に、ふみ子の顔に、かすかな狼狽《ろうばい》の色が走った。確かに、佐々木のいうことが道理だからだろう。

「いわれてみれば、確かにそうかも知れませんけどねえ。あの時は、ナイフは、カウンターの上に置いて、そのままにしてあったんですよ。それがいけなかったというんなら謝りますけどね」

「別にいけないとはいってない。私は、あなたがなぜ、その夜、取り上げたナイフを、無造作にカウンターに置いたままにしたのか、その理由を知りたいだけだ」

「そんなこと、あたし自身にだってわかりませんよ。偶然なんだから」

「いや。違うね。もう一つ。私は、あなたのことも、私立探偵に調べさせた。あなたは、三百万円の借金をしていて、この店も抵当に入っている」

「そんなこと、あの事件とは関係ありませんよ。殺された人も、殺したあなたの息子さんも、あの夜、偶然、この店へ来たんですからね。それに、三百万円の借金は、きれいに払いましたよ」

「それは、たいしたものだ。急に、大金が入ったわけだが、親の遺産でも相続したのかね？」

「失礼じゃないか」

と、横から、小林が、甲高い声で、佐々木にいった。

「そうかな?」

佐々木は、小さく笑った。十津川の眼には、わざと、小林や、ふみ子を怒らせようとしているように見えた。

案の定、小林が、顔を真っ赤にして、

「当り前じゃないか。他人のプライバシーに立ち入る権利は、あなたにはない筈だ。息子さんが獄死したことは気の毒とは思うが、もともと、息子さんの身から出た錆だし、あの事件と、彼女の借金と、どんな関係があるというのかね」

「これは私の想像だが、この店の借金は、あなたが、退職金の中から払ってあげたんじゃないのかね?」

「——」

「どうやら、私の想像が当っていたようだね」

佐々木は、満足気に微笑した。小林は、ちらりと、ふみ子に眼をやってから、グラスに残っていたビールを、ひと息に飲み干して、

「私はここの常連だ。マダムが困っているのを知って、助けてあげた。いけないかね?」

「別に。彼女は、なかなか魅力のある女性だから、私があなただったとしても、借金

の肩代りをしてあげただろうね」

「それなら、なぜ、みんなのいる前で、借金のことなんか持ち出すんだ？」

「いいのよ。小林さん」

ふみ子が、気色ばむ小林を押し止めた。

「何がいいものか。こいつは、銃を持っているのをいいことに、いいたい放題をいっているんだ。事件に関係のないことにまで立ち入るのは、失礼だろう」

「さっきもいったように、それを判断するのは私だ。ところで、三百万円もの大金を肩代りしたとなると、現在、あなたとマダムは、共同経営者というわけだね？」

「共同経営者？」

「違うのかね？　あなたが、三百万円の借金を肩代りしたということは、この店が、あなたのものでもあるということじゃないのかね？」

「そういえば、そうかも知れないが、私には、共同経営者だなんて意識はない」

共同経営者といわれたのが照れ臭いのか、小林は、両手で顔をなぜた。

「あなたの退職金は、七百五十万円だった」

佐々木が、もう一度、確認するようにいった。十津川には、彼が、なぜ、事件と無関係なことに拘わるのか、理由がわからないままに、聞いていた。

「そうだよ」

と、小林が、怒ったような声を出した。

「小さな会社なんでね。それっぽっちしか貰えなかったんだ」

「その中の三百万円といえば、あなたにとっては、大変な金額だった筈だ」

「ああ。そうだよ」

「もう一つ、定年退職したあと、あなたは、新しい職が見つかったのかね？　私が調べさせたところでは、見つかっていないようだが」

「この年になると、なかなか、仕事がないんだ。不景気だしね。だが、そのことで、あんたにとやかくいわれる筋はない」

「もちろん。ただ、失業中なら、三百万円は、なおさら大事な金だったと思うのだがね。それを、ポンと払ってやったということは、あなたのマダムに対する気持が、ただ単なる好意とは、どうしても思えない。もっと深い気持からじゃないのかね？」

「何をいうんだ？」

小林は、悲鳴に近い声をあげた。

「いいんですよ。小林さん」

ふみ子は、笑顔で、小林を見てから、

「困っているあたしを小林さんは、助けてくれただけなんです」

と、佐々木にいった。

ふみ子は、十津川や、他の五人の証人たちの顔を見回してから、

「あたしも独り者だし、小林さんも、今は独りなんだから、もし何かあったとしても、構やしないでしょう？」

「ああ、構やしないさ」

と、佐々木が微笑した。

「それなら、もう、事件に関係のない詰らない質問はやめて貰いたいわ。あなたの息子さんの事件は、去年のことで、小林さんが三百万円の借金を肩代りしてくれたのは、最近のことだしね」

「事件に関係がないかどうかは、だんだんにわかってくるだろう。無関係なら、安心していたまえ」

佐々木は、カウンターからおりて、他の五人に視線を移した。

「では、次に移ろう。店の外に出て貰おうか」

第二章　第二の証言

——ジャックナイフヲ手ニ、木下誠一郎ノ後ヲ追ッテ飛ビ出シタ被告人ハ、店ノ前ノ道路ヲ突ッ切リ、木下誠一郎ニ迫ッタ。丁度ソノ時、タマタマ部下ノ千田美知子（二八）ヲ家ニ送ッテ来タ中央銀行N支店副支店長岡村精一（三五）ノ運転スル七五年型スカイラインGTガ通リカカリ、眼ノ前ヲ突ッ切ル被告人ヲ認メテ、アワテテ急停車ヲシタ。二人ノ証言ニヨレバ、被告人ハ、右手ニナイフヲ持チ、血相ヲ変エテ、反対側ニ走ッテ行ッタモノデアル——

1

全員が、道路に出た。外に出ると、さすがに風が冷たかった。

安藤つねが、小さなくしゃみをした。

「大丈夫かね？」

と、佐々木がきいた。つねは、そっぽを向いて返事をしなかった。

佐々木は、外国人のように、肩をすくめてから、

「次は、岡村精一さんと、千田美知子さんの証言を検討してみたい。お二人にも、あの車の所へ行って貰おうか」

と、道路にとまっているシルバーメタリックのスカイラインGTを、銃身で示した。

「私の証言がすんだら、すぐ帰してくれないかね。明日は、重大な会議があって、どうしても、出席しなければならないんだ」

岡村は、佐々木に向って、必死な声を出した。

「会議――？」

佐々木が、皮肉な眼つきをした。口元に、冷笑が浮んでいる。

「大事な会議なんだ」

「私の息子は、獄死したんだよ」

「それはわかっているが、私は、副支店長として、明日の会議には、絶対に出席しなければならないんだ」

「そうしたかったら、私に協力してくれることだ」

「わかったよ。協力するよ」

「私に協力するということは、事実を話してくれることだ。わかっているのかね？　私の気に入るような嘘は困る」

「わかっているよ」

岡村は、千田美知子を促して、車に向って小走りに歩いて行った。

「他の者も、車の傍に来るんだ」

と、佐々木がいった。

「いっておくが、私をここへ運んで来たモーターボートは、帰してしまっているから、明日にならなければ、誰も、この島から出られないのだ。だから、妙な真似はしないことだ」

「用心のいいことだ」

小林が、小声で呟《つぶや》いた。ふみ子の方は、一緒になることを話してしまったせいか、彼にしがみつくようにしている。

佐々木は、車に近づき、ドアを開けた。

「まず、車の中を調べて欲しい。あなたのスカイラインと、違っているかどうか」

佐々木が、岡村にいった。

岡村は、黙って運転席に乗り込んで、ハンドルに手をかけ、運転席を見回した。

「あなたにも、見て貰いたいね」

佐々木は、堅い表情で、車の横に立っている千田美知子にも、声をかけた。

美知子は、一瞬、当惑した顔つきになったが、それでも、助手席に身体を滑り込ませた。

「どうだね？」

佐々木は、車の中をのぞき込んで、岡村にきいた。

岡村は、がちゃがちゃと、チェンジレバーを動かしながら、

「だいたい同じだね。私の車には、こんな成田山《なりたさん》のお守りは吊してないが」

「あなたはどうかな？」

と、佐々木は、助手席の美知子にも声をかけた。

「別に、違いはないと思いますけど」

と、美知子がつんとした顔で答えた。

「では、一年前の事件の夜のことを考えてみよう。あなたは、彼女を、会社からここまで送って来たわけだね？」

「仕事で遅くなったのでね」

岡村は、運転席に腰を下したまま、佐々木に答えた。

「交叉点を渡って、こっちへやって来たわけだね？」

「ああ」

「交叉点で、一時停止したのかね？」

「いや。信号は青だったので、止まらずに走らせて来たんだ」

「それなら、ライトはつけていたわけだ。つけたまえ」

佐々木がいい、岡村は、スイッチを入れた。二筋のフロントライトが、明るい光芒《こうぼう》となって、宙に走った。

「ラジオはどうだったね？　つけていたら、そうしてくれたまえ」

「そんなことが、事件と、どういう関係があるんだ？」

岡村が眉を寄せた。が、佐々木は、落ち着き払って、

「わからないが、私は、出来る限り、一年前の事件の夜と同じ状況を作り出したいのだ。それが、真実を解明するカギだと思うんでね」

「しかし、私は覚えてないな。あの時、ラジオを聞いていたかどうか」

「ラジオは、かかっていたと思います」

助手席で、美知子がいい、手を伸ばして、カー・ラジオのスイッチを入れた。

歌謡曲が流れて来た。

東京の放送が、かなりはっきり入るところをみると、この島は、東京からそう遠くは離れていないらしい。岡村も、十津川と同じことを考えたのか、ダイヤルを動かして、いろいろな放送局の放送を聞こうとした。

「いたずらは、止めることだ」

佐々木が、冷たくいった。びくっとしたように、岡村は、ダイヤルから手を放した。

ビートルズの曲が流れている。若手のディスク・ジョッキーが、今夜は、ビートルズ特集だと喋っている。

「さて、あなたは、こういう状態で、車を走らせて来た。交叉点を渡って、この辺りまで来た時、いきなり、人影が飛び出したので、あわてて、急ブレーキを踏んだ。そうだったね？」

佐々木は、一語、一語、確認するように、岡村と美知子の顔を見ながらいった。

「ああ。あなたの息子が、ナイフを持って、いきなり飛び出して来たんで、急ブレーキを踏んだんだ」

「それに間違いないかな？」

佐々木が、美知子を見た。

「その通りです」

と、美知子が肯いた。彼女は、終始、堅い表情を崩さずにいる。猟銃で脅かされているのだから当然だろうが、それにしても、顔がこわばったままなのが、十津川には気になった。佐々木が、猟銃を持って現われた時は、七人の証人たちは、一様に、顔色を変えて、怯えた眼になった。カメラマンの浜野は、逆に、殊更《ことさら》はしゃいだ感じになったが、それも、裏返しの怯えといえるだろう。しかし、時間がたつにつれて、佐々木が、単なる復讐者ではなく、やみくもに銃を射つ人間でないことが、わかってきたようである。不安は、もちろん、まだ各自の心に残っていようが、最初の怯えは柔らいだ感じだ。そんな中で、二十九歳の千田美知子だけが、最初と変らぬ堅い表情を崩さない。どうも佐々木に対する恐怖以外のものに怯えているような気がしてならなかった。

「運転席から見た大通りの景色は、あの夜と同じかね？」

佐々木が、運転席をのぞき込んで、岡村にきいた。

「同じだと思うね」

岡村が、ぶっきら棒に答える。

「思うだけでは困るのだ。しっかりと見て、同じかどうか確認して貰いたい。あの夜と同じでないと、あなた方の証言について、その真偽を判断しにくくなるからね。よく見て貰いたいのだ。あの夜、あなたは、よく前方を注意して運転していた筈だ。私の息子が、ふいに飛び出して来たのに、ちゃんと、ブレーキを踏んで車を止めたくらいだからね」

「私は、運転は慎重な方だ。前方注意をおこたったことはない」

「結構だ。もう一度きくが、あの夜と同じかね？」

「街が途中でちょん切れているのをのぞけば、あの夜と同じだよ。街灯が一つ消えていたのも覚えている」

岡村は、車の傍の街灯が消えているのを指さして、

「私は記憶力にも自信があるんだ。だから、あなたの息子が、ナイフを片手に飛び出して来た姿も、ちゃんと覚えているよ」

「それにしては、おかしいね」

佐々木が、首をかしげた。岡村の眼が光った。

「何がおかしい？」

「あの夜、あなたは、私の息子が飛び出して来たので、この辺りで急ブレーキをかけて止まった。しかし、ここで、彼女をおろしたわけじゃないだろう？」

「そうだ。彼女の家は、もっと先だから、ここから百メートルばかり走らせてからおろしたよ。だから、殺人事件があったのを知ったのは翌日だし、警察に聞かれて、あの時、ふいに飛び出して来た若い男が犯人だったんだなと、あらためて思い出したんだ」

「だから、おかしいというのだ」

「何がだ？　思わせぶりは止めて、はっきりいったらどうだ？」

岡村は、いらいらしたように、ハンドルの上に置いた指先を、閉じたり開いたりした。

「あなたは、一瞬止めただけなのに、この傍の街灯が消えていたのを覚えている」

「いけないかね？」

「いけなくはない。素晴らしい記憶力だと感心したくらいだ。しかし、それなら、当然、覚えているべきものを、あなたは覚えていないのは、おかしくはないかね？」

「何をだ？」

岡村の眼に、ちらりと、不安気な色が浮び、落ち着きを失ったのが、十津川にもわかった。

「あなたはどうかな？」

と、佐々木は、助手席の美知子を見た。

美知子は、相変らず堅い顔をしている。

「あの夜と同じだと思うけれど——」

と、あまり自信のない声でいった。

佐々木は、肩をすくめて、また、運転席の岡村に眼を戻した。

「この車は、歩道に寄って止まっている」

「当然だろう。もう少し先で彼女をおろさなければならないんだから、歩道寄りに走らせていたんだ」

「警察の調書によれば、午前零時頃にだね？」

「そうだ。だから、あなたの息子が飛び出してくるのにぶつかってしまったんだ」

「では、私がおかしいといった理由をいおう。私が調べたところでは、あの夜、ここから五十メートルほど前方の道路上に、屋台が出ていたのだ。石焼いもの屋台がね。屋台を引いていた男の証言によると、あの夜、午後十一時三十分から零時三十分の約一時間、そこに、屋台を止めて置いたことになっているのだよ。それなのに、あなたは、ここで一瞬車を止めた後、また百メートルほど走らせてから、彼女を降ろしたといった。まっすぐ走らせたとすれば、当然、その屋台にぶつかってしまった筈なのだ。だから、おかしいといったのだがね」

「いい忘れたんだ。確かに、石焼いもの屋台が出ていたよ。それをよけて運転したんだ。思い出したよ」

岡村が、あわてていい直した。

とたんに、佐々木が「ふふ」と、声に出して笑った。

「岡村さん」

と、美知子が、甲高い声を出した。

「あッ」

と、岡村は、叫び声をあげ、血走った眼で、佐々木を睨んだ。

「引っかけたな」

「その通り。もし、引っかからなかったら、あなたの証言を信じるつもりだったが、これでは、とうてい信じられないね。もし、その時刻に石焼いもの屋台が出ていたとしたら、その主人だって、当然、証人として警察に呼ばれている筈だよ。こんな、すぐ底の割れる嘘に、あなたが簡単に引っかかったということは、あなたや、助手席の千田美知子さんが、全く前方を見ていなかったということを意味している。違うかね？」

2

岡村は、何かいいかけたが、止めてしまった。美知子は、蒼い顔で、じっと唇を噛んでいる。

「しかし」

と、佐々木は、言葉を続けた。

「あなたが、ここに車を止めたことは事実だ。事件のあった午前零時頃にね。だからこそ、警察は、何か見ているのではないかと考えて、あなた方を呼んだに違いない。

そして、あなた方は、警察で、私の息子がナイフを片手に、いきなり飛び出して来たと証言した。警察官の誘導があったとしても、なぜ、そんな嘘の証言をしたのか」

「────」

「教えてくれないかな？」

「────」

「では、私がいおう。人間は、あることを隠すために嘘をつく。あなた方も、そうだったに違いない。何かを隠すために、嘘をついて警察に迎合したのだ。ところで、あなた方の仲は、どの程度まで進んでいたのかな？」

「何だって？」

岡村の声が、一オクターブ高くなったようにみえた。

美知子は、横を向いてしまった。が、そんな態度は、佐々木の想像を、身ぶりで肯定しているようなものだった。少くとも、十津川には、そう思えた。

佐々木は、微笑した。

「あなた方の関係だ。まさか、午前零時に、仕事でおそくなったから、彼女を車で送って来たと、まだいい張るつもりじゃないだろうね？」

「仕事で遅くなったんだ。たまたま、あの日だけ、仕事が溜ってしまったんだよ。銀行というのはね、午後三時に閉めても、それで仕事が終るわけじゃないんだ。閉めたあと、いろいろと仕事があるんだ」

「そのくらいのことはわかっているよ。あなたのいう通りとしたら、彼女を自分の車に乗せたのも、当然、初めてだろうね？」

「もちろんだ。今もいったようにあの夜、たまたま遅くなってしまったので、初めて、私の車で、彼女を自宅まで送ったんだ」

「おかしいねえ」

「何がだ？」

「さっき、私は、この車が、本物のあなたの車と同じかどうかきいた。あなたは、成田山のお守り以外はそっくりだといった。それはいい。あなたの車と比較したのだからね。ところが、彼女も、しばらく車内を見回してから、同じに見えるといったのだ。おかしいじゃないか。一年前の事件の夜、たった一度だけあなたの車に乗ったのに、この車と比べられるというのは。つまり、彼女は、あなたの車に乗りなれていたんだ。だからこそ、私の質問に、自信を持って答えられたのだ。違うかね？」

（勝負ありだな）

と、十津川は思った。

エリート社員の岡村も、頭は切れるかも知れないが、世間智では、ブラジルで十八年間苦闘したこの老人の敵ではないのだ。

岡村は、苦虫をかみ潰《つぶ》したような顔で、押し黙ってしまった。

重苦しい沈黙が生れた。十津川は、煙草に火をつけて、岡村や、美知子の顔を見守った。

その重苦しい空気を破って、美知子が、

「お願いがあるんです」

と、佐々木にいった。

「何だね？」

「確かに、あたしは、岡村さんと関係してました。でも、それを公けにしないで下さい。あたし、来月、ある人と結婚するんです」

（なるほどな）

と、十津川は、思った。千田美知子が、堅い表情を崩さなかった理由がわかったからである。妻子のある上司と、適当に浮気をしていて、今度は、さっさと別の男と結婚する。いかにも現代風だが、結婚する男には、岡村のことは話していないのだろう。今度のことで、それが公けになるのが怖くて、あんな堅い表情をしていたのだ。

佐々木は、美知子に向って、微笑した。

「私が知りたいのは、私の息子が本当に犯人かどうかということで、あなた方のプライバシーじゃない」

「わかったわ」

「じゃあ、教えて欲しいね。あの夜、実際に、あなた方がやったことを」

「それは、私が話すよ」

と、岡村が、言葉を引き取った。

「彼女は女だから、話し辛いだろうからね。彼女がいったように、私と彼女は、関係があった。私には妻子があるから、割り切った仲だった。あの日、ラブホテルで何時間か過ごしたあと、私の車で、ここまで送って来たんだ」

「その調子で話して貰いたいね」

「この辺は、郊外で、午前零時頃になると、ほとんど車も走っていないし、店も扉を閉めている。あの夜もそうだった。私は、なんとなく、彼女と別れ難くて、この辺りに車を止めた。丁度、街灯の一つが消えていて、暗くなっていたんだ。車を止めてから、フロントライトも、車内灯も消して、彼女を抱き寄せてキスした」

「それなら、納得できるよ」

佐々木は、満足気に肯いた。

岡村は、一度話し出すと、あとは、堰を切った感じで、

「どのくらい抱き合っていたか覚えてない。私も彼女も、殺人事件があったことを知らなかった。嘘じゃない。五分か、或は十分かして、私は、百メートルばかり車を走

らせて、彼女を降ろしたんだ。ところが、殺人事件があって、誰かが、私の車が現場近くに止まっていたのを見ていて、警察に通報したらしい。私と彼女は、警察に呼ばれてしまった」

「そして、嘘の証言をしたというわけだね？」

「信じて貰いたいが、最初から嘘をつく気はなかったんだ」

岡村は、運転席に腰を下したまま、顔を佐々木にねじ向けて、必死の表情でいった。

「信じるよ」

と、佐々木は、相手を安心させるように微笑した。岡村は、小さく咳込んでから、

「私は、困ってしまった。まさか、車を止めて、彼女と抱き合っていたなどとはいえない。私は、管理職だし、妻子もある。そんな人間が、部下の女子行員と関係があったなんてことがわかったら大変なことになる。あなたは知らないだろうが、銀行というところは、行員の風紀に物すごく敏感な職場なんだ。私は、免職にならないまでも、一生、昇進はおぼつかなくなるだろう。家庭内だって、ごたごたする。私は、それが怖かったんだ」

「彼女にも、迷惑がかかると思ったわけかな？」

「ああそうだ」と、岡村は、あわてて付け加えた。そのあわて方が、この男のエゴイ

スティックな心を、示していた。

「彼女だって、妻子ある上役と関係していることが世間に知れたら、困ったことになる。だから、嘘をついたんだ。警察が、あの時刻なら、犯人が『ロマンス』というバーから飛び出してくるのを見たんじゃないかといったので、その言葉に飛びついたんだ」

「私の息子が、ナイフを片手に飛び出したので、あわてて急ブレーキをかけたといったわけだね？」

「ああ。その通りだ。警察は満足して、他のことは訊かなかった。仕事で遅くなったので、彼女を車で送って来たという私の言葉も、あっさり信用してくれた。裁判でも、私も彼女も、その嘘で押し通した。おかげで、私も彼女も傷つかずにすんだんだ」

「その代り、私の息子は、有罪の判決を受けたんだ」

「嘘をついたことは、申しわけないと思っている。謝るよ」

岡村は、車の中で、佐々木に向ってペコリと頭を下げた。額が、窓ガラスにぶつかって、音を立てたが、誰も笑わなかった。

「だが、佐々木さん」

と、岡村は、唇をなめて、

「裁判で、私と彼女が、正直に、あの時何も見なかったと証言したところで、大勢に影響はなかった筈だ。私たちは、あなたの息子の無実を証明できる証人じゃないんだし、他の何人もの証人が、あなたの息子が殺したと証言しているんだから」

「下手《へた》な弁解は止めろ」

と、佐々木は、岡村を怒鳴った。

「しかし――」

「いいか。確かに、他にも証人はいた。だがね。私の息子が有罪判決を受けるのに、あなたたちが力を貸したことは、まぎれもない事実なんだ。もし、息子が無実だったら、あなたたちは、彼を死に追いやることに力を貸したことになるんだ」

「あなたの息子さんが、刑務所の中で病死するなんて、考えてもみなかったんだ」

「そうだろうとも。あなたも、そこの彼女も、自分の保身に汲々《きゅうきゅう》として、私の息子がどうなろうと、そんなことは知ったことじゃなかったんだ」

佐々木の声は、明らかに、怒りでふるえていた。

十津川も、聞いていて、岡村や、千田美知子のエゴに腹が立った。自分の社会的地位を守るために、嘘の証言をする。よくある話かも知れないが、ことは、殺人事件だったのだ。確かに、岡村と千田美知子が、何も見なかったと証言したところで、法廷は、有罪の判決を下したかも知れない。だが、これは、正義が問題になっているのだし、岡村たちは、正義を踏みにじったことになる。

佐々木は、自分の怒りを、自分でなだめるように、夜空に眼をやった。十津川も、つられて頭上を見た。

無数の星が、夜空を埋めていた。都会の片隅そっくりに造られた場所だが、夜空だけは同じではあるまいと、十津川は思った。都会では、これほど、星はきれいに見えない。

佐々木は、美しい夜空を見て、いくらか怒りが納まったらしく、

「では、確認しておくが」

と、岡村に向っていった。

「事件の夜、あなたは、何も見なかった。私の息子が、ナイフを片手に、道路に飛び出したといったのは嘘だったんだね？」

「その通りだ。許してくれ」

「そちらのお嬢さんも、今のことを誓って貰えるね？　何も見なかったと」

佐々木は、助手席の千田美知子を見た。

美知子も、当然、肯くだろう。十津川も、そう思って、彼女の白い顔を見やったが、意外にも、その顔は、小さく横に振られた。

「いいえ。私は、ちゃんと見ました。岡村さんだって、見たかも――」

3

佐々木よりも先に、岡村が、狼狽した顔で、

「千田君」

と、甲高い声でたしなめた。

「もう嘘はつかなくていいんだ。本当のことをいえばいいいんだよ」

「だから、私は、本当のことをいってるんです」

美知子は、怒ったような声でいい、まっすぐに、車の外の佐々木を睨んだ。

「馬鹿なッ」

佐々木は、唸《うな》り声をあげた。どしんと、こぶしで、車のドアを叩いてから、千田美知子に向って、

「あなたたちは、ここに車を止めて、抱き合っていた筈だ。車内灯も消して」

「ええ。でも、外は見えます」

美知子は、いい返した。意地になって嘘をついているのではないかと、十津川は、はじめ思ったが、そうでもないようだった。

佐々木は、一瞬、どうしてよいかわからないというように、首をふり、猟銃を持ち

直した。

他の五人の証人たちが、射たれるとでも思ったのか、一斉に後ずさりした。

岡村は、蒼い顔で、おろおろしながら、

「千田君。お願いだから、本当のことをいってくれないか」

「だから私、本当のことをいっています」

「しかし、あの時、私たちは――」

「ちょっと待ちなさい」

十津川が、見かねて、初めて声をかけた。

「どうやら、この人は、本当のことをいっているようだ」

「でも警部さん。あの時、私は、彼女を抱きしめて、キスしていたんだ。キスの時、彼女は、いつも眼を閉じるんだ」

「しかし、見えたんですね？　お嬢さん」

「はい」

と、美知子は、肯いた。佐々木に対してだけでなく、岡村に対しても、彼女は怒っているように見えた。

「あの時、助手席の背中に押しつけられて、頭をちょっと打ったんです。痛いと思って眼をあけた時、フロントグラスの向うに、人が走って行くのを見たんです。嘘じゃありません。車の傍を、すれすれに走って行ったんですから」

「私の息子を見たのかね？」

十津川の横から、佐々木が念を押した。当然の質問だろう。

岡村は、はらはらした顔で、美知子を見ている。彼女が詰らないことをいい出して、また、事件に巻き込まれるのは敵《かな》わないといった顔でもあった。このエリート社員は、最初から最後まで、自分のことしか考えないように見える。一時は関係のあった美知子が、岡村に対しても怒っているように感じられるのは、多分、そのためだろう。

「そうに決っているじゃありませんか」と、美知子は、相変らず眉を寄せていった。

「あの時、通りには、人影なんかなかったんです。だから、あなたの息子さんしかいないでしょう？　私が見た人は、右から左に向って、道路を横切って行ったんです。『ロマンス』ってバーは、右側にあって、左側の歩道の上で、人殺しがあったんでしょう。それだったら、犯人は、あなたの息子さんしかいないじゃありませんか」

「顔を見たのかね？」

「見ましたよ」

「本当に？」

「ええ」

美知子の返事が、急に短くなった。十津川は、そのことが気になった。

十津川は、何十人という容疑者や、参考人の訊問を手掛けてきた。相手が喋り過ぎるときも嘘が多いが、短か過ぎる時も要注意なのだ。人間は、嘘をごまかそうとして、必要以上に説明するものだし、また、嘘を見破られまいとして、寡黙にもなる。

「実験してみたらどうかな」

と、十津川は、佐々木にとも、美知子にともなくいった。

「実験？」と、佐々木は、十津川を見た。

「この二人に、あの夜と同じように、車の中で抱き合って貰って、果して、車の前を走り過ぎた人間の顔が確認できるものかどうか、確かめろというのかね？」

「確かにその実験をしてみたいんだが、この二人に、もう一度、キスして貰う必要はないし、それは無意味だな」

「なぜだ？　実験というのなら、それ以外に考えられんだろう？」

佐々木が、いい返すのへ、十津川は笑って、

「その結果、彼女が、顔まで見えるといったら、あなたは、その言葉を信用するのかね？　あなたの息子が、ナイフを持ってこの道を走り渡ったと信じるのかね？」

「それは――」

佐々木は、言葉に詰って黙ってしまった。息子の無実を願っているこの老人が、千

田美知子の言葉を信じる筈がないのだ。息子にとって不利になるような証言は。

「だから、私が代役を勤める。私の方が少しは信じられるんじゃないかね？」

「それはまあ――な」

「よろしい」

十津川は、肯いてから、岡村と美知子を車から降ろし、代りに、彼が、助手席に乗り込んだ。

手を伸ばして、車内灯と、フロントライトを消した。車の周囲が、急に暗くなった感じがした。

「あなたの息子は、背が高かったね？」

と、十津川は、助手席に背中をもたれさせて、佐々木にきいた。

「一八〇センチはある筈だ」

「この中で、そのくらいの背がある者というと――」

十津川は、車を取り巻いている八人を見回した。

二浪の山口少年が、一番背が高そうだった。手招きして、背の高さをきくと、一七八センチだという。

「二センチぐらいはいいだろう。合図をしたら、車の前を、右から左へ走ってみてくれ」

と、十津川は、山口に頼んだ。

問題は、美知子が、眼をあけた時の姿勢だった。

「抱かれて、キスされていたといったね？」

十津川は、車の外の美知子にきいた。

「ええ」

「この助手席は、リクライニングシートになっているが、その時、座席は倒してあったのかね？」

「――」

「大事なことだから、正直にいって貰いたいんだがね」

「倒してありましたよ」

と、岡村が、美知子の代りにいった。早くすませてしまいたいという表情だった。

「だろうね」

十津川は、肯いてから、助手席の背もたれを少しずつ倒していった。角度は三段階になっていたが、二段階目で、岡村が、

「それでいい」

と、いった。

十津川は、斜めに寝た恰好になった。これだけでも、かなり車の前は見にくい。そ

の上、キスしていたのだから、彼女の顔の上に、岡村の顔があった筈である。視野は、相当狭くなってくる。それを頭に入れてから、十津川は、山口に向って、

「走ってくれッ」

と、怒鳴った。

山口が、車の前を走り抜けた。

十津川は、背もたれを直し、ドアをあけて車の外に出た。

「どうだった？　見えたかね？」

と、佐々木が、待ちかまえていて、顔を突き出すようにして、十津川にきいた。

「見えるか見えないかということになれば、見えるというのが答だ。人が走り過ぎたのは、はっきりとわかったよ。それに、肝心なことだが、顔は見えなかったよ。胸から上は見えない。もっと背の低い人間が通り過ぎても、顔は見えなかった筈だ」

4

佐々木は、十津川の言葉に力を得たように、

「これで、あなたが見たのは、私の息子以外の人間だったという可能性が出て来たことになる」

と、美知子にいった。

美知子は、下を向いて、じっと考えている様子だったが、

「でも、あの時刻には、人通りがなかったんです。あなたの息子さん以外に、誰が、あの時、大通りを走って渡ったのかしら？　もし、そんな人がいたんなら、こちら側に渡ったんだから、当然、殺人を目撃していると思うし、証人として出廷しているんじゃないかしら？」

「あなたは、被害者の木下誠一郎を、見たのかも知れない」

「でも、その人が、バーを出たのは、午前零時前だったんでしょう？」

「ええ」

と、肯いたのは、バーのマダムのふみ子だった。

「確か、あの人が出て行って数分して、壁の時計が十二時を知らせたんだから」

「それなら、殺された人の筈がありません。私が、車の前を人が走るのを見たのは、零時過ぎなんですから」

「なぜ、零時過ぎだったと、断定できるのかね？　さっき、岡村さんは、零時頃と、あまり自信がなさそうに、ここに車を止めた時間をいっていた筈だよ」

佐々木が、美知子に食いついた。しかし、美知子は、自信にあふれた顔で、

「今、あの時のことを、思い出していたんです。私が人影を見たすぐあと、この百メ

ートル先で、車を降りました。その時、腕時計を見たんです。私は、姉夫婦と一緒に住んでいましたから、遅く帰ると、やっぱり、時間が気になったんです。それで、確か、零時十分過ぎになっていて、ああ、もう翌日になっちゃったなと思ったのを、はっきり思い出したんです。だから、ここで、その人影を見たのは、零時五、六分過ぎだというのは確かですわ」

彼女のいい方には、説得力があった。十津川は、彼女の顔を見ていて、この問題に関する限り、嘘をついていないと思った。

佐々木が、黙ってしまったので、十津川が、美知子に向って、

「ここに車を止めていた時間を、さっき、岡村さんは、五分か十分か、覚えていないといったが、君は、どの位だったと思うね？」

「私にも、正確にはわかりません。でも、十分くらいだったと思います」

「君たちの車は、交叉点の方から走って来たんだが、ここに止まるまでの間に、被害者が、バーから出て来て、通りを渡るのを見たかね？」

「いいえ。人影は、全然、なかったんです」

「とすると、被害者は、君たちが、ここで車を止め、明りを消して、よろしくやる前に通りを渡ったことになるね」

「よろしくなんて――」

美知子が、非難するような眼を、十津川に向けたが、十津川は、素知らぬ顔をしていた。

「では、二人の証言をまとめてみよう。法廷で述べた嘘の証言ではなく、真実の証言だ」

佐々木は、大きな声でいった。

「二人は、この位置に、約十分間、明りを消して車を止めていた。その時刻は、午前零時五、六分前から、五、六分過ぎまでと考えられる。午前零時五、六分過ぎ頃、車の前を、右から左へ走り過ぎた人影を見たが、顔は見えず、誰であったかは不明だった。その直後、車を約百メートル先に進め、そこで、彼女は車を降り、その時、腕時計を見ると、零時十分を指していた。これにつけ加えることがあれば、いって貰いたいが」

「誰だったか不明といいますけど、あれは、犯人、つまり、あなたの息子さんに間違いありませんわ」

と、美知子は、頑固にいい張った。

佐々木の顔が、硬くなった。それを見て、岡村が、美知子の脇腹を、いいかげんにしてくれというように、突ついた。

佐々木は、怒りを噛み殺すように、無理に咳払いをしてから、美知子に向って、

「私は、正確にといっているのだ。確かに、あなたの見た人影が、私の息子だったという可能性もある。だが、あなたは、顔を見ていないのだ。だから、正確を期して、誰であったか不明といっているのだ。私は、私の息子ではないとも、いっていない。わかったかね？」

「でも――」

美知子は、なおも、何かいいかけたが、これ以上いって、佐々木を怒らせ、銃で射たれでもしたら大変と考えたのか、言葉を途中で呑み込んで、横を向いてしまった。

「私も、確認しておきたいことがあるんだが。冷静な第三者としてね」

と、今度は、十津川が、美知子と岡村に話しかけた。

「君たちは、本当に、殺人事件に気がつかなかったのかね？」

「気がつかなかったね」

「私も気がつきませんでした」

岡村と美知子は、同じように、首を横に振った。

「しかし、車は、殺人のあった歩道の方に寄せて止めてあった。それなのに、気がつかなかったのかね？　悲鳴も聞かなかったのかね？」

「ええ。だから、きっと、車をここから百メートル先に止めて、彼女を降したあとで、事件が起きたんじゃないかな」

と、岡村がいった。

「ドアの窓は閉めてあったのかね？」

「ああ、閉めてあった。一年前の事件の夜も、今夜と同じように、風が冷たかったからね」

「ヒーターは？」

「つけてあった」

「すると、窓ガラスは曇っていたんじゃないかね。ここに止まっている間に」

「エンジンをかけてから、フロントグラスを、布で拭いたのを覚えているよ。しかし、前方が見えないほどじゃなかった」

喋りながら、岡村は、車のドアを指先で、神経質に叩いている。

その眼が、ちらちらと、佐々木に走っていたが、

「もういいだろう」

と、突然、激しい口調で、佐々木にいった。

「話すことは、全部話したんだ。これ以上、あの事件で知ってることはない」

「だから？」

佐々木が、冷たく、きき返す。

「だから、すぐ、この島から出して貰いたいんだ。もう二十七日になってしまった」

と、岡村は、いまいましげに腕時計に眼をやって、

「何度もいうように、今日の午前十時から、本店で、大事な会議があるんだ。副支店長として本店の会議に理由もなく欠席したら、大変なことになるんだ。すぐ、船を呼び戻して、私を東京に帰して貰いたい。私は、あなたの要求どおり、正直に全部話したじゃないか」

「駄目だな」

佐々木は、にべもない調子でいった。

「なぜだ。私にきくことは、全部聞いた筈じゃないか」

「今のところはね。だが、全部の証言が終った時点で、もう一度、あなたの証言を洗い直してみたいからだよ」

「私は、嘘はついてないぞ」

「だろうね。もし、今度も嘘をついていたら、容赦なく射殺する。わかっているだろうね？」

佐々木の言葉に、岡村は、一瞬、ぎょっとしたようだったが、ことさら平静さをよそおって、

「いいとも。私は、嘘はつかん。だから、すぐ帰してくれ」

「今いった理由で、それは出来ない。もう一つ、私にどんなことがあっても、夜が明

けるまで、島に来るなと仲間にいってある」

「何時に迎えの船が来るんだ？」

「午前七時だ」

「それから船に乗って、東京で行われる午前十時の会議に間に合うのか？」

「この島は、そんなに東京に近くはない。会議のことは、諦めて貰いたいね」

「そんな馬鹿な。無断で会議に欠席すれば、上司の信用を失ってしまうんだ。それが、サラリーマンにとって、どんなに大事なことか、わかるかね？」

「上司の信用を失うくらいがなんだというのだ。私の息子は、あなたたちのでたらめな証言で、殺人の罪を着せられたうえ、獄死したんだ」

佐々木の激しい言葉に、岡村は、黙って横を向いてしまった。そんな岡村を、美知子が軽蔑したような眼で眺めている。一時は、肉体関係もあったらしい二人だが、今度の事件で、完全な溝が出来てしまったようだ。

「夜明けまで時間がない。次に移ろう」

と、佐々木は、視線を、二浪の山口博之に移した。

第三章　第三の証言

――反対側ノ歩道ニ渡ッタ被告人ハ、ソコニイタ被害者ヲ、前記ノジャックナイフデ、背後ヨリ刺殺シ、財布ヲ奪ッテ逃走シタ。タマタマ、同時刻ニ、近クノ「スカイマンション」三〇五号室デ、受験勉強中ダッタ山口博之（一八）ガ、窓ヨリ外ヲ見テイテ、コレヲ目撃シ、驚イテ一一〇番シタ――

1

「君が最初に一一〇番したんだね？」

佐々木にきかれて、山口は、眼鏡に手をやりながら、

「うん」

と、幼い肯き方をした。怯えているようでもあり、こんな事態に自分が置かれたことを面白がっているようでもあった。

「じゃあ、法廷で証言した通りを、ここで、いって貰おうか」

佐々木は、車のフェンダーの部分に腰を下し、猟銃を膝の上に置いて、山口を見た。相手が、十九歳の少年だけに、佐々木の眼にも、岡村を見る時のような厳しさはなかった。

「僕は、あの日、受験勉強をしてたんだ」

と、山口は、いった。

「それはわかってる」

「勉強に疲れたんで、窓を開けて深呼吸したんだ。そうすると、頭がすっきりするんでね。その時にさ。何気なく下を見たら、歩道の暗がりに二人の男がいて、片っ方が、いきなりもう一人をナイフで刺し殺したんだ。そして、財布を盗《と》って逃げ出したんだ。それであわてて一一〇番したんです」

「正確な場所を覚えているかね？　殺人のあった場所だ」

「もちろん覚えているさ」

山口は、自信たっぷりにいった。

佐々木は、ポケットから白いチョークを取り出して、山口に渡した。

「これで、その場所に印をつけてくれないかね」

「ああ、いいとも」

山口は、チョークを受け取ると、ひとりで、さっさと歩道の方へ歩いて行った。自信のある歩き方だった。

岡村の自信のなさそうな様子とは、大した違いだと十津川は思った。

（この少年は、一年前の殺人事件について、自信満々の記憶力を持っているのだろうか）

そうかも知れない。十津川だって、この年頃には、記憶力に自信があった。映画館に入れば、ただ一度で、主題歌を覚えてしまったり、小説の細部まで、必要もないのに覚えてしまったものである。

だが、若い頃は、自分の記憶力に自信を持ち過ぎて、間違えて覚えてしまっても、なかなか、それに気がつかないし、従って、直そうともしないものだ。もちろん、この山口が、そうだというのではないが。

山口は、歩道に立って、しばらくの間、ビルの三階にある自分の部屋を見つめていたが、

「あそこの窓から見たんだから――」

と、口の中で呟いてから、歩道に、チョークで、倒れている人の姿を描いた。

丁度、その場所は、街灯の一つが故障で消えていて、歩道の一番暗くなっている場所だった。

殺すのにも、適当な場所だったといえるだろう。

「ここに間違いないんだろうね？」

佐々木が、山口に向って、念を押した。

他の者も、チョークで描かれた人形《ひとがた》の周囲に集って来た。

「間違いありませんよ」

山口は、念を押されたのが、心外だというように、怒ったような声を出した。

十津川は、じっと、稚拙《ちせつ》な人形を見下した。

何度となく殺人現場にぶつかっている十津川にとって、それは、見なれた人形だった。

「二人が争って、背中を刺された被害者の木下誠一郎が、このチョークで描かれた場所に倒れたということだね？」

佐々木は、問題の場所であり、問題の場合なので、山口に対して、くどいくらいに念を押した。

「そうですよ。この絵は、あんまり上手《うま》く描けてないけど、ここに、俯伏せに倒れたんですよ」

山口は、しゃがんで、自分の描いた人形を、少し訂正した。といっても、場所を変えたわけではなく、角張って描いた手を、本物らしく、丸くしただけである。

「もう一度、念を押すけど、君が窓から見下した時、二人が争っていたんだね？」

「そうですよ」

「二人の顔は見えたかね？」

「ええ。見えましたよ。一人は、殺された木下という人だったし、ナイフで背中を刺した方は、犯人の佐伯という若い男さ」

「君のあの三階の部屋から、二人の顔まで見えたというのかね？　ここは、街灯が消えていてこの通り暗いのに」

佐々木は、粘っこい口調で、山口にいった。少しでも納得が出来ない点があれば、とことん、論争する気なのだ。有罪判決を受けた一人息子が、無実を叫びながら獄死したとなれば、当然だろう。

「見えたよ」

と、山口の方も、断固とした調子でいった。

「じゃあ、見えたとしよう。二人が争っていたとすれば、声も聞こえた筈だ。二人で言い合う声がね。私の息子が犯人としてのことだが、被害者と息子は、バー『ロマンス』で、激しく口論した。これは、バーのマダムと、客が証言している。とすれば、ここでも、刺す前に、口論があったと思うのだ。そうでなければおかしい。どうだね？　通りの物音は、三階の君の部屋まで聞こえるんだろう？　上の音は下に聞こえないが、下の音は、上に聞こえるものだからね」

「ああ、よく聞こえるよ。夜中なんか、窓を開けて勉強していると、焼いもや、中華そばの屋台の声が聞こえるんだ。それで、下へおりて行って、食べたことがあるよ」

「それなら、二人の言い合う声も聞こえた筈だね？」

佐々木は、子供にでもいうように、一つ一つ確認していく。この老人は、よほど意志の強い、粘っこい性質なのだろうと、十津川は思った。

「ああ聞こえたよ。凄い言い合いだったさ」

山口は、得意気に、鼻をうごめかせて、

「ちゃんと、覚えているよ」

「それを話してくれないか。公判記録には、君が、二人が争い、私の息子が、被害者木下誠一郎を刺したと証言した、としか書いてないのでね。覚えている通り、正確に話して貰いたいんだ」

「いいよ」

山口は、街灯の柱に背をもたせかけ、腕を組んで、佐々木を見た。

「殺された人は、声が小さいんでよく聞こえなかったけど、犯人の方は、声が大きいんで、よく聞こえたよ。怒鳴りつけてるみたいな話し方だったからね」

「それで、何といったのかね？」

「よくも、おれを馬鹿にしてくれたなッって、いうのが聞こえたよ」

「相手は？」

「何か、弁解してるみたいだったけど、今もいったように、声が小さいんで、よく聞こえなかった。とにかく、謝っているらしいということだけは、見ていてわかったよ」

「それで、そのあとは？」

「犯人が、こういったんだ。おれは、前にも喧嘩で人を殺《ばら》したことがあるんだ。四の五のいいやがると、ブスッといくぜって」

「まるっきり、チンピラのセリフだな」

カメラマンの浜野が、茶化すように口をはさんだ。

佐々木は、そんな浜野を無視して、

「私の息子は、前に人は殺してはいない。強盗の前科はあるがね」

と、山口にいった。

「そいつは、知らないけど、きっと、ハッタリをきかしたんですよ。僕だって、ボクシングなんか丸っきり駄目だけど、喧嘩なんかの時には、おれは、フェザー級の六回戦ボーイだぞって、相手にハッタリをかましてやることがあるからね」

山口は、笑っていった。喩《たと》えが少し違う感じだったが、佐々木は、何もいわなかっ

た。その代りに、この老人は、慎重に、

「では、もう一度、確認しよう。私の息子は、まず、被害者に向って、『よくも、おれを馬鹿にしてくれたなッ』と、まず相手を罵倒し、次に、『おれは、前にも喧嘩で人を殺《ばら》したことがあるんだ。文句をいいやがると、ブスッといくぜ』といったわけだね？」

「文句をいいやがるとじゃなくて『四の五のいいやがると』ですよ」

山口の方も、律義に訂正した。

十津川は、山口のその几帳面さに、いささか、異様な感に打たれた。記憶力のいい年齢とはいっても、一年前の事件である。その時の犯人と被害者のやりとりを、こうも克明に覚えていられるものだろうか。現実に、覚えているのだから、よほど、記憶力がいいか、小さなことにも、神経質な性格なのだろう。

「それで、そのあと、いきなり刺したのかね？」

佐々木が、冷静にきいた。何といっても、自分の息子が関係した殺人事件である。特に、殺人の場面をいろいろと聞くのは辛いことに違いない。それにも拘らず、その語調の冷静さに、十津川は感心した。

よほど、克己心の強い男なのだろう。それとも、獄死した息子の無実を、あくまで確信しているからこそ、こうまで冷静でいられるのか。

「すぐには、ブスッとやらなかったよ」

山口は、みんなの視線が自分に集っているのを意識して、やや、得意気だった。

「すると、まだ、口論が続いたということかね？」

佐々木がきく。

山口は、ぐるりと、みんなの顔を見回してから、

「そのまま、犯人が刺していたら、胸か腹を刺して、返り血を、ドバッと浴びちまっていた筈ですよ。ところが、被害者は、背中を刺されている。今いったように、犯人が、ブスッといくぜって、脅かしたら、被害者が、また何かいい返したんですよ。結局、あれがいけなかったんだと思うな。相手が、刃物を持って、カッとしてる時は、ひたすら謝っちまうか、そうじゃなければ、一目散に逃げるべきなんですよ。僕だったら、絶対にそうしますね。殺されたら損だもの」

「君の処世術はどうでもいい。被害者の刺された時の模様を聞きたいんだ」

佐々木は、ニコリともしないで、山口にいった。

山口は、この年頃の若者がよくやるように、軽く肩をすくめてから、

「それで、いきなり、犯人が相手を殴ったんだ」

「どこを殴ったのかね？」

「頬っぺただったな。ぴしゃッと音が聞こえたもの」

「平手で？」

「うん」

「それで？」

「相手は、ふらふらとよろけたんだ。それから、急に怖くなったんだな。逃げ出したんだ。犯人は、悪酔いしていて、ジャックナイフを持っていた。つまり、狂犬と同じですよ。狂犬と向い合った時、急に逃げ出すと、噛みつかれるそうじゃありませんか。それと同じですよ。逃げるんなら、最初から逃げればよかったのに、あの人は、最初、いい合いをしていて、急に逃げ出したからいけないんだ。背中を見せて逃げ出したとたんに、犯人が、グサッとやったんです。あッ、やったなと思いましたよ」

2

山口は、右手を振りあげ、相手の背中を刺す恰好までして見せた。

なかなか雄弁だし、演技力もある。裁判の時も、この調子で喋ったのだろうか。

「それを見て、君は、一一〇番したわけだね？」

佐々木は、あくまで冷静な口調できいた。

岡村は、まだ、今日の会議に未練があるのか、時々、腕時計に眼をやっている。そんな岡村に、千田美知子は、知らん顔をしている。女というのは、一度、男を軽蔑すると、とことん嫌いになるらしい。

十津川も、腕時計を見た。午前一時になったところだが、あまり寒さは感じなかった。多分、この島の近くを、暖かい黒潮が流れているのだろう。

山口は、「正確にいうと、すぐにじゃないんだ」と、いった。

「やったなと思ったけど、その瞬間は、背筋を、すっと、冷たいものが走っちゃってね。その二、三分は、まだ、窓の外を見ていたような気がする」

「じゃあ、犯人は、背中を刺したあと、どうしたか、見ていたんだね？」

「ええ。見てましたよ。刺された方は、歩道に、ばったり倒れちゃった。ここに僕がチョークで描いたみたいな恰好でね。即死だったんだね、きっと。全然、動かなかったもの。そしたら、犯人が、落着いて、背中に刺さったナイフを抜き取ったんだ。ところが、そのあとも、死体の傍に屈んで、何かもそもそやっているのさ。その時は、何をやってるのかわからなかったけど、財布を抜き盗《と》っていたんだね。それから、さッと、大通りを横断して逃げ出したんだ。それから、一一〇番したんだよ」

「一一〇番した時の内容は、覚えているかね？」

「ああ、覚えてる。一一〇番したのは、生れて初めてだから、よく覚えてるんだ。あれは、こっちが電話を切っても、ちゃんと、つながってるんだね。そうなんでしょう？　警部さん」

山口に、いきなりきかれて、十津川は、微笑して見せた。

「ああ、警察が切らない限り、あの電話は切れないことになっている」

「それでさ。一一〇番して、いつものくせで、ぱッと受話器を置いちまったんだけど、そのあとで、また受話器を取ったら、まだつながってるんで、びっくりしちゃった。ところで、一一〇番した時は、最初に、殺《ころ》しですッていったんです」

「殺し――？」

「僕は、推理小説や、刑事物のテレビが好きなんです。コロンボとか、刑事コジャックなんか、よく見ますよ。だから、ひとりでに、殺しなんて、いっちまったんです。僕は、大学を出たら、警察で働こうと思っているんです」

「殺しですといったあとは？」

「場所をいいましたよ。それから、犯人の逃げた方向と、服装なんかもね」

「それを、詳しく話して貰いたいんだがね」

「いいですよ。パトカーが来てから、もう一度きかれたから、よく覚えてます。犯人は二十五、六歳で、身長一八〇センチぐらい。革っぽいジャンパーに、白っぽいズボン。髪は長くて、タレントのSに似ているっていいましたよ。ナイフを持って大通りを渡って逃げたともね。犯人が捕ってから、僕のいった服装なんかが正確だったって、警察にほめられましたよ」

山口は、自慢そうに、鼻をうごめかせた。

初めて一一〇番して、これだけのことがいえれば、確かに自慢してもいいだろうと、十津川は、聞いていて微笑した。

たいていの人が、殺人事件にぶつかると、それだけで動転してしまって、一一〇番して来ても、肝心のことをいい忘れてしまうことが多いものである。

「一一〇番した電話は、君の部屋のものを使ったんだね？」

佐々木は、三階の山口の部屋を見上げてきいた。

「ええ。そうですよ」

「じゃあ、君の部屋へ上ってみよう」

「私は、行かなくてもいいだろう」

と、岡村が、疲れた声で、老人にいった。

結局、ビルの三階にある山口の部屋にあがって行ったのは、山口と佐々木と、十津川の三人に、野次馬精神の旺盛なカメラマンの浜野だけだった。

小林老人と、バー「ロマンス」のマダムのふみ子は、二人で店に入ってしまったし、安藤つねは、疲れたのか、地面にぺったり腰を下してしまっている。

岡村は、まだ、どうにかして、この島から脱出しようと思っているらしく、ふらふらと、海岸の方向へ歩いて行った。

千田美知子は、それにはついて行かず、車の助手席に腰を下して、背中をシートにもたせかけ、何を考えているのか、じっと眼を閉じていた。

三階の山口の部屋に入ると、浜野が、

「なかなか、よく出来てるじゃないか」

と、いいながら、カメラで、パチパチやり始めた。

考えてみれば、今、浜野が写真を撮りまくったところで、そのフィルムは、佐々木が、銃の威力で取りあげてしまうかも知れないのだ。それなのに、カメラを手にすると、自然にシャッターを押す気になってしまうのは、やはり、この男が、プロのカメラマンだという証拠かも知れない。

佐々木は、そんな浜野を、じろりと見てから、山口に向って、

「大事なことだから、この部屋が、君の部屋にそっくりかどうか、確かめて欲しいんだ。一年前の事件の時と同じかどうかだ」

「ほとんど同じですよ。さっきも、この警部さんと、話したんだけど、よくも、こんなにそっくりに作れたと感心してたんです。どうやって、僕の部屋を調べたんですか？」

山口は、首をかしげて、きき返した。

佐々木は、笑って、

「今の日本は、金さえ出せば、ほとんどのことが可能な国だからね。君の住んでいるマンションの管理人も、私が金をつかませたら、簡単に、君の留守の間に、マスター・キーを使って君の部屋を見せてくれた」

「あの管理人のおやじめッ」

山口は、舌打ちをした。

佐々木は、言葉を続けて、

「だから、この部屋は、事件の時の君の部屋ではなく、最近の君の部屋なんだ。だから、机の位置など、一年前と違っていたら、直して貰いたい」

「そうですねえ」

山口は、腕を組み、もっともらしく、部屋を見回してから、

「机の位置も、本棚の位置も、あの時と同じだな。もっとも、今でも僕の部屋は変ってないけどね。雑誌なんかは、一年前なら、もっと古いものだったと思うけど、これは、事件とは関係がないしね。そうだ。テレビが違ってるよ。もっと古いカラーテレビだったのに、新品のテレビになってる。古くても、僕のテレビは、ちゃんと映ってたけどね。それと、テレビの下に置いてあるのは、これは、ビデオレコーダーでしょう？　これも、僕の部屋にはないものだ」

「ああ、そうだ」

佐々木は、落着いた声でいった。

山口は、高価なビデオレコーダーを、手で撫でながら、

「これ、テレビの番組を録画して、あとで再生できる機械だろう。前から欲しかったんだけど、高くて買えなかったんだ」

「この仕事がすんだら、君に進呈するよ。そのテレビもだ。私が持っていても仕方がないからね」

「本当かい？」

山口は、一瞬、十二、三歳の子供のような、あどけない眼つきをした。

「私は嘘はつかん。だから、君も嘘をつかないで欲しい。私は、嘘をつく人間は許せないんだ。たとえ、息子でもだ。獄死した息子は、無実を叫び続けたと聞いたとき、私は、息子の言葉に嘘はないと信じた。だからこそ、こんなことをしたのだ。だがもし、その結果、息子の言葉が嘘だとわかったら、彼の墓も作ってやらん積りでいる」

佐々木は、茶褐色に陽焼けした顔で、自分自身にいい聞かせる調子でいった。

十津川は、佐々木の厳しい眼に、二十年近くを、ブラジルの広大な土地で過ごして来た老人の強い意志を見たような気がした。

この逞しい老人は、嘘はついていない。信頼を裏切る人間は、それがたとえ息子で

も、容赦はしないだろう。

だが、若い山口は、佐々木老人の強烈な意志など全く気がつかないように見えた。この二浪の若者は、ビデオレコーダーを見て、すっかり、はしゃいでしまっていた。

(殺人事件の公判の時も、一人の男を刑務所に入れるかどうかなどという切羽つまった気持などは全くなく、ただ、裁判の物珍しさにはしゃいでいたのではあるまいか)

十津川は、そんなことも考えた。人間というやつは、意外に真面目でもあり、意外に不真面目でもある。それに、他人の運命には鈍感なものだ。それが、自分の運命にかかわってくる時だけ、敏感になる。

「でも、このビデオは、なぜ持って来たんです？」

山口が、当然の質問をした。

「それは、あとでわかるよ」

佐々木は、それだけいい、窓枠のところに腰を下して、歩道を見下した。

十津川も、老人の背後から、同じように、下を眺めた。

暗がりに、白いチョークで描かれた人形《ひとがた》が見えた。

佐々木は、右手に猟銃を握りしめていたが、十津川に対して、全く無防備だった。逞しい精神の持主の老人ではあっても、老人は老人だった。背後から一撃すれば、多分、苦もなく銃を奪うことが出来るだろう。

だが、十津川は、そうしなかった。

正確な理由は、十津川自身にもわからない。ただ、自分に納得させた理由はこうだった。

ひょっとすると、一年前の殺人事件は、この老人の考えるように、彼の息子は無実なのかも知れない。少くとも、七人の証人の中の二人、岡村精一と千田美知子は、嘘の証言をしていたことがわかった。だから、本当に、老人の息子が無実かどうか、十津川自身も確かめたいからだと。

「君は、あの夜、受験勉強をしていた筈だね」

佐々木は、窓枠に腰を下した姿勢で、山口に声をかけた。

ビデオレコーダーのスイッチを押してみたり、チャンネルを回してみたりしていた山口は、あわてて、

「そうですよ」

と、いった。

「じゃあ、机に向って坐って貰いたいね」

佐々木が、銃口を、ひょいと動かした。山口は、いそいで椅子に腰を下し、机の上のスタンドを点けた。

机は、壁に向っていて、左横にはテレビが置いてあり、右手は、窓になっている。

「その時と同じ勉強をして貰いたい」

「何の勉強をしていたっけな」

　山口は、頭をかいた。

「覚えていないのかね？」

「しょうがないでしょう。不合格の発表があってから一ヵ月もたっていないんですよ。身を入れて受験勉強する気になれるもんですか。それに、何の勉強してたかなんてことは、どうだって、いいじゃないですか。警察でだって、そんなところまでは聞かれなかったし、裁判でだって、聞かれませんでしたからね」

「いいかね。君。私は、全てを正確に再現したいんだ。それにだ。私は、ブラジルの大草原で、何頭もけものを仕止めたことがある。この猟銃でだ」

「わかりましたよ」

　山口は、蒼い顔になって肯いた。

「多分、英語の勉強をしていたんだと思いますよ」

「なぜ、そう思うんだね？」

「僕は英語が苦手で、受験に落ちたのも英語の成績が悪かったからなんだ。だから、多分英語を勉強してたと思うんだ」

　山口は、佐々木にいわれるより先に、さっさと、本棚から英語の受験参考書を抜き出し、机の上に広げた。

　佐々木は、相変らず、カメラのシャッターを切り続ける浜野に眉をしかめながら、山口に向って、

「その姿勢では、窓の外は見えないね？」

「当り前でしょう。僕は、ロクロ首じゃないんだから」

「しかし、歩道から、二人の男の言い合う声や、悲鳴が聞こえたので、窓の外を見たのでもない？」

「ええ。さっきもいったでしょう。勉強に疲れて、何気なく、窓の外を見たら、二人の男が言い争っていたんですよ。つまり、犯人であるあなたの息子さんと、被害者がね」

「その時、私の息子と、被害者は、すでに言い合いをしていたのかね？」

「そうですよ」

「しかし、それは妙だねえ」

「なぜ？」

「あの夜、大通りは静かだった。岡村精一と千田美知子の二人が乗った車は、このビルの近くで停車していて、二人は、他の車もなかったし、人影もなかったと証言している。車道を横断する人間を見た以外はね。それに、君は、下の声は、三階にいると

よく聞こえるといった。私の息子が、被害者を罵倒した文句は、正確に覚えていて、私がちょっと間違えたら、すぐ訂正してくれた。つまり、それだけ、はっきりと聞こえたということだろう？　違うかね？」

「ええ。その通りですよ。それが、どうかしたんですか？」

「それなのに、君は、何気なく窓から下を見たら、私の息子と被害者が口論していたといっている。大通りは静かで、歩道の物音が、この部屋によく聞こえるのに、激しい口論は、全然、聞こえなかったことになってしまうんじゃないのかね？」

「それは、僕が、英語の勉強をしてたからですよ。他のことに気を取られていると、聞こえないもんですからね」

「君は、英語が苦手で、その上、不合格が決ったすぐあとで、勉強に気がのらないといった筈じゃなかったのかね？」

佐々木の鋭い眼で見つめられると、山口少年は、簡単に、しどろもどろになってしまった。根は、小心な少年なのに違いない。

「そりゃあそうですけどね――」

と、いったものの、山口は、言葉に詰って、黙ってしまった。

佐々木は、老人らしく、そんな少年を追い詰める代りに、口元に微笑を浮べて、

「君は多分、勘違いしているんだ。なぜ、勘違いしたのか。理由は二つ考えられると

思う。第一は、窓から見た時、二人は口論してなかったのに、そのあと殺人が起きたので、見た時から争っていたと錯覚してしまったということだ。第二は、この部屋の中で、他に大きな音がしていたので、歩道の声が聞こえなかったのではないかということだ。ここには、テレビがある。もし君が、あの時、テレビを見ていたとすれば、歩道で言い争う声が聞こえなかったとしても、おかしくはない」

「僕は受験勉強をしていたんですよ。テレビなんかに、うつつを抜かしていた筈がないじゃありませんか」

山口は、ぷうッと頬をふくらませた。そんなことだから、二度も大学受験に失敗するのだといわれるのが嫌で、怒ったんだろうと、十津川は、思った。もし、この二浪の青年が、今年、東大にでも合格していたら、逆に、テレビを楽しみながら、悠然と受験勉強をしていたと、いったかも知れない。

「じゃあ、そうだとして、話を進めよう」

と、佐々木は、逆わずにいった。

「それで、君が、窓の下を見たのが何時頃だったか、覚えているかね？　その点が重要なんだが」

「どうしてです？　僕は、犯人、つまりあなたの息子さんが、被害者と言い争ったあげく、背中を刺して逃げるのを目撃したんですよ。それで十分じゃないですか。裁判の時だって、それが何時頃だったなんて、聞かれませんでしたよ。第一、死体は解剖されて、死亡推定時刻だってわかっているんだし、あの『ロマンス』ってバーを、被害者が出た時間も、その後を追って、犯人が飛び出した時間もわかってるんだから、殺された時間も自然にわかって来るじゃないですか」

「警察は、被害者木下誠一郎が殺されたのは午前零時十五分前後と見ていた筈だよ。検察側も、公判の時、そういっていたからね」

と、口をはさんだのは、浜野だった。

「僕も、そう聞いたよ」

山口は、思い出したという顔で、相槌を打ってから、

「だから、僕が窓の外を見たのも、その頃ですよ。つまり、午前零時十五分頃だったわけですよ」

「しかしねえ。君」

佐々木は、辛抱強く、山口に話しかけた。

「君が、偶然その時刻に机を離れて、窓の下を見おろし、殺人を目撃したことには、何かある筈だ」

「何もありませんよ。僕には、予知能力なんかないんだから。偶然、窓の下を見て、殺人を目撃したんですよ」

「君は、受験勉強をしていたといった」

「ええ。それがどうかしましたか？」

「それを中断し、机を離れて窓の外を見た。つまり、一息入れたということだ。違うかね？」

「ええ」

「そんな時は、たいてい、今、何時頃だろうかと、時計を見るものだがね。君は、その時、時計を見なかったのかね？」

「見ませんでしたよ。ごらんのように、この部屋には、置時計はないし、今は腕時計をしているけど、あの時は、故障していたからね」

「不自由じゃなかったのかね？」

「別に。浪人中だったし、テレビやラジオで、時間はわかるしね。それに、腕時計は、すぐ直したから」

「ところで君は、NSTテレビの『刑事ジャクソン』が、大変に好きで、再放送になっても、毎日見ていたようだね」

「え？」

ふと、山口の顔に、狼狽の色が走った。

佐々木は、落着いた声で、

「前にもいったが、私は、君たち全員を、私立探偵に調べさせた。生い立ちから、趣味、嗜好までだ。君に関するメモには、こう書いてあった。『刑事ジャクソン』の大変なファンで、再放送も、欠かさず見ている。特に、主人公の刑事ジャクソンにしびれているとね」

「それが、どうかしたんですか？　確かに僕は、あのテレビが好きですよ。でも、一年前の殺人事件とは、何の関係もないじゃないですか」

山口の語調は、少し怒り過ぎだなと、十津川は感じた。人間、弱味をかくそうとすると、逆に攻撃的になる。小心な人間ほど、その傾向が強いものだ。だが、連続テレビドラマが、山口にとって、なぜ弱味になるのか、ちょっと見当がつかなかった。

「それがあるのだよ」

佐々木は、膝の上の猟銃を片手で支え、片手で、煙草をくわえて火をつけた。

「事件の夜、午前零時から、ＮＳＴテレビで『刑事ジャクソン』の再放送が、一時間放映されたのだ。それも、初放映の時、もっとも評判の良かった『悪徳の町』だった。君がそれを見なかったとは考えられない。ということは、君は、あの時、受験勉強をしていたのではなく、テレビで、『刑事ジャクソン』を見ていたのだ」

佐々木が、決めつけるようにいうと、山口は、顔を赤くして、何かいいかけたが、黙ってしまった。

佐々木は、煙草の灰を、窓の外に落してから、

「私は、ここへ来る前に、ＮＳＴテレビ局へ行って、あの夜の再放映のくわしい時間表を見せて貰って来た」

といい、煙草をもみ消したあと、上衣のポケットからメモを取り出した。

「午前零時丁度から放映開始。もちろん、ＣＭが入る。四分の一のストーリーが進んだところで、第二のＣＭの挿入。これが、零時十五分だ。つまり君は、あの時、テレビで『刑事ジャクソン』を見ていた。そして、零時十五分に、ＣＭになったので、一息入れて、椅子から立ち上り、窓の外に眼をやったのだ。違うかね？」

「――――」

「どうやら、私の推理が当っていたようだね」

佐々木は、満足そうに微笑した。

3

「そんなことで喜んだって、仕方がないんじゃないかな」

からかい気味に声をかけたのは、カメラマンの浜野だった。

彼は、畳の上にあぐらをかき、カメラのフィルムの入れ替えをしていた。

佐々木が、彼を見ると、浜野は、パチンとカメラの裏ぶたを閉めてから、

「この青年がさ。受験勉強をしていて、一息入れに窓の外を見たとしても、テレビの深夜ドラマを見ていて一息入れたんだとしても、彼が、殺人事件を目撃したことに変りはないじゃないの。零時十五分のＣＭの時に、一息入れて窓の下を見たとなれば、殺人を目撃した正確な時間はわかるが、それだけのことじゃないか。殺人そのものが変るわけじゃない」

「ところが、少しばかり事情が変ってくるのだ」

「へえ、じゃあ、それを拝聴しようじゃないの」

浜野は、挑戦的な眼で、佐々木を睨んだ。

十津川にも、どう違うのかわからなかった。浜野のいう通り、山口が、受験勉強をしていたか、テレビを見ていたかが、殺人事件そのものに影響があるとは思えなかったからである。

「一見、関係がないように見えるのは事実だ」

と、佐々木はいった。

「だが、関係がある。それを証明したくて、私は、このビデオレコーダーを買って、そのテレビに接続しておいたのだ」

「それがねえ」

浜野は、ちらりと、ビデオレコーダーを見た。

佐々木は、窓を離れると、テレビの傍へ足を運んだ。

「私は、苦心して、事件の日に放映された『刑事ジャクソン』のテープを手に入れ、この機械に入れておいた。スイッチを入れれば、あの夜と同じNSTテレビの『刑事ジャクソン』が画面に映し出される」

「それで？」

「この番組を見た人は知っている筈だが、主人公のジャクソンというニューヨークの刑事は、いわゆるダーティな刑事でね。言葉遣いは乱暴だし、犯人を追い詰めるために、平気で嘘もつくし、汚い手を使って罠にはめたりもする」

佐々木のいうそんなシーンを、十津川も、見たことがあった。「刑事ジャクソン」を見たのは、三回ほどだが、確かに、そんなジャクソンのダーティぶりが、魅力にもなっているシリーズものなのだ。悪人を追いつめるために、平気で、でっちあげ《フレーム・アップ》もやる。

佐々木が、ビデオレコーダーのスイッチを入れた。

まず、CMが続いたあと、「刑事ジャクソン」の第八話「悪徳の町」が始まった。

いきなり、ジャクソンが、麻薬売買のタレコミを受けて、単身、現場のビリヤード場に乗り込むところから始まる。いかにも、アメリカの刑事物らしいキビキビした展開だ。

だが、そこには、何もなく、くやしがるジャクソンの背中に、チンピラが、いきなり、ジャックナイフを突きつける。

「よく聞けよ。ジャクソン。おれは、前にも喧嘩で人を殺《ばら》したことがあるんだ。四の五のいいやがると、ブスッといくぜ」

ジャクソンは、苦笑しながら両手をあげる。が、一瞬の隙を見つけて、そのチンピラを殴り倒すと、奪い取ったジャックナイフを、逆に相手の鼻先に突きつける。

「よくも、おれを馬鹿にしてくれたなッ」

ドスのきいた（もちろん、吹き替えだが）声で、ジャクソンはいい、チンピラの右頬を、ナイフの刃先で、すっと切りつける。

糸のような血が流れ、チンピラが悲鳴をあげる。

そこでＣＭ。

「あッ」

と、思わず、十津川が声をあげた。

佐々木は、ニッコリ笑って、十津川を見た。

「警部さんは、もうおわかりになったようだ」

「何がだい？」

　と、浜野が、眉をしかめてきく。

「さっき、山口君は、犯人がいった言葉を、くわしく、私に教えてくれた。また、裁判でも、言い争ったと証言した。だが、その会話は、今のテレビのジャクソンとチンピラの会話と、全く同じなのだ」

「あッ」

　と、今度は、浜野が声をあげ、じろりと、山口を見た。

「そういえば、全く、同じだ」

「――――」

　山口の顔色が変ってしまっていた。

「正直にいって欲しいね」

　と、佐々木は、山口を見た。この老人は、常に冷静で、あまり無駄口をきかない。

　山口は、まだ黙っている。

「いいかね、君。私は、正直にいって貰いたいだけだ。君が、窓の外を見た時、殺人はもう終っていたんじゃないのかね？　一一〇番して、パトカーが来てから、警察にいろいろと聞かれたので、見たばかりのテレビの中の会話を思い出して、それを、犯人と被害者のやりとりのように話したんじゃないのかね？」

「――――」

「私は、君を責めてるわけじゃない。訊問する刑事の気に入るように話したのは、多分、君の人の好さだろうからだよ。ただ、ここでは、本当のことを話して貰いたいのだ。獄死した私の息子のために」

「ごめんなさい」

山口は、ふいに、ペコリと頭を下げた。

「刑事が、僕に、まわりが静かだったんだから、犯人と被害者の言い争う声が聞こえた筈だって、しつこくいったんだ。受験勉強もしないで、深夜テレビを見ていて聞こえなかったなんていうのが嫌だったから、つい、テレビのセリフをいっちまったんだ」

「すると、君が見た時、もう、殺人は終っていたわけだね？」

「ああ。被害者は俯伏せに倒れていて、その横に、犯人が屈み込んでいたんだ」

「その犯人は、間違いなく私の息子だったかね？」

「そうだよ。あんたの息子さんだよ。実は、僕が窓から見下した時、犯人も、顔を上げて、視線が合っちまったんだ。そしたら、犯人は、ぱッと立ち上って逃げ出したんだよ。右手にジャックナイフを握ってね。これは、本当なんだ。もう、嘘はついていないよ」

「ああ、もう嘘をついていないと思っているよ」

と、佐々木は、肯いた。

「だから、事実を整理してみよう。零時十五分。君は、窓の外を見た。その時、被害者は、すでに刺されて死んでいて、俯伏せに歩道に倒れていた。死体の傍に、私の息子がしゃがんでいて、君を見て、いきなり逃げ出した――」

「右手に、ジャックナイフを握ってね」

「そうだった。しかし、君は、私の息子が、被害者を刺すところは見ていない。そうだね？」

「確かにそうだけど、犯人は、あんたの息子さんに、決って――」

「問題は事実なんだ。君の想像は必要ない。君は、私の息子が刺すところは見ていない。事実だろう？」

「ええ」

「それでいい」

と、佐々木は、短くいった。

これが法廷なら、弁護側が、得点したところだなと、十津川は思った。

4

十津川たち三人は、コンクリートの階段をおり、元の歩道へ戻った。

スカイラインGTの助手席では、千田美知子が、さっきと同じ表情で、暗い夜空を、フロントグラス越しに見つめていた。

だが、他の四人の姿は、見えなかった。

佐々木は、いきなり、銃口を空に向けて、引金をひいた。

静寂な夜気を引き裂いて、轟音《ごうおん》が、ひびき渡った。

果実店から、安藤つねが、驚いて飛び出して来た。

バー「ロマンス」からは、マダムと小林啓作が出て来た。だが、エリートサラリーマンの岡村精一だけは、いつまでたっても、姿を現わさない。

十津川たちが、ビルの三階の山口の部屋にあがる時、彼は、海岸の方へ歩いて行った筈である。

この島は、そう広くはない。あれから四十分はたっているのだから、海岸線を歩き回ったとしても、もう戻っていなければならない筈だった。

十津川は、急に不安になってきた。彼の刑事としての仕事は、人命を守ることである。

岡村は、明日（もう今日になってしまった）の午前中の会議に出席できなければ、死にたいみたいに興奮していた。まさかとは思うが、海岸で板片でも見つけて、沖に向って泳ぎ出したのではあるまいか。

「一応、探した方がいいね」

と、十津川は、佐々木に声をかけた。

佐々木は、猟銃に、新しい弾丸をこめてから、しばらく思索していたが、みんなに向って、

「岡村さんを、手分けして探すことにしよう。ただし、三十分たったら、ここへ全員戻って来ること。それから、念のためにいっておくが、ここから一番近い島でも、三十キロ以上ある。泳いで抜け出そうなどという詰らない考えは持たないことだ。自殺するようなものだからね」

八人は、ばらばらになって、岡村を探すことになった。

十津川も、一人で、東に向って歩いて行った。
五、六分で海岸に出た。
見回したが、岡村の姿はない。

十津川は、草むらに腰を下して、夜の海に眼をやった。

月が、すでにかなり傾いている。夜の海というやつは、神秘的で美しい、と同時に、恐ろしくもある。物を考えるには、そんな海と向い合うのはいいものだ。

奇妙だが、面白い体験をしているという気が、十津川はしていた。

現在までに、佐々木は、二点得点した。岡村と千田美知子の二人に証言の嘘を認めさせたし、山口にも、事実をしゃべらせることに成功したからだ。

しかし、野球でいえば、セカンドまで進塁しただけで、ホーム・インは、まだしていない。彼の息子の無実が証明されたとは、とうてい思えないからである。

佐々木は、残りの二人、果実店の安藤つねと、カメラマンの浜野の証言を俎上《そじょう》にのせるつもりだろうが、果して、彼の望むような結果がでるかどうか。

問題は、佐々木の希望通りにならなかった場合だ。その時、あの老人が、自制心を失って、七人の誰かを射《う》とうとしたら、命がけで、戦わなければならない。

十津川は、念のために、手頃な石を見つけてポケットに入れ、元の場所へ戻った。

他の者も、おいおい、帰って来たが、三十分を過ぎても、いぜんとして、岡村精一は、戻らなかった。

「時間が貴重だから、先へ進みたい」

と、佐々木が、みんなの顔を見渡した。

「次は、果実店の安藤つねさんの証言だ」

第四章　第四の証言

——反対側ノ歩道ニ逃ゲタ被告人ハ、咽喉《ノド》ガ渇イタノデ、店ヲ閉メカケテイタ安藤果実店ニ飛ビ込ミ、ソコニイタ安藤つね（六八）ヲ殴打、同女ガ転倒シタ隙ニ、売上金約六千円トリンゴ二ケヲ奪ッテ逃走シタ——

1

佐々木は、安藤つねと一緒に、果実店に入った。

十津川たちも、近くに集って、二人のやりとりを見守った。

浜野は、相変らず、やたらに写真を撮りまくっている。佐々木は平然としているが、六十九歳の安藤つねの方は、フラッシュが閃《ひらめ》くたびに、眼をしばたいた。その中に、我慢がしきれなくなったとみえて、

「いいかげんに、やめて下さいよッ」

と、甲高い声で叫んだ。

佐々木は、猟銃を片手に、ゆっくりと、自分の作りあげた店内を見回した。

「本当のあなたの店と、どこか違ったところはあるかな？」

「ちょっと待って頂戴よ」

つねは、六十九歳とは思えない敏捷《びんしょう》さで、ちょこまかと店内を歩き回り、棚に並べた缶詰類なども調べてから、

「まあ、だいたい同じね」

「それを聞いて安心したよ。では、事件の夜のことに入ろう。あんたは、あの日、一人で店番をしていたんだったね？」

「そうですよ。息子と嫁が、嫁の実家へ行っちまったもんだからね」

つねは、口をへの字に曲げた。

バーで、この老婆が、気が強く意地悪で、いつも、嫁と喧嘩していると聞いたが、あの話は、本当らしい。

「そして、あんたは、店を閉めようとしていたんだったね？」

佐々木は、相手が老婆なので、他の証人の時よりも、優しい口調になっていた。

十津川は、ふと、この老人のブラジルでの生活は、どんなものだったろうかと考えた。

悪戦苦闘の連続だったろうことは、想像にかたくない。逞しく陽焼けした顔だが、普通以上に深くきざまれた額のしわが、そのことを物語っている。孤島に、これだけのものを作りあげたのだから、ブラジルでは成功したのだろうが、私生活そのものは、むしろ寂しいものだったのではあるまいか。だからこそ、日本に帰り、十何年か会わずにいた息子のために、全財産を投げ出し、誘拐の罪まで犯しているに違いない。


安藤つねは、小柄な身体を、ゆするようにしながら、

「そうですよ。店を閉めようとしてたんですよ」

「しかし、午前零時過ぎまで、店を開けていたのは、いささか、遅すぎはしないかね？」

「そんなこと、あたしの勝手でしょう？」

つねは、口をとがらせて、佐々木に食ってかかった。

「いつでも、そんなに遅くまで店を開けているのかね？」

「あたしが、遅くまで店を開けてたことと、あの人殺しと、どんな関係があるんです？」

「わからないさ。だが、私は、どんなことでも知っておきたいんだ」

「そのお婆ちゃん、意地になっていたんですよ」

と、横からいったのは「ロマンス」のマダムだった。

みんなに聞かせる言い方だから、かなり大きな声だった。

「どういうことかね？」

佐々木が、三根ふみ子を振り返った。

安藤つねは、黙ってふみ子を睨んでいる。

ふみ子は、そんな彼女を無視して、佐々木に向い、

「息子さん夫婦が、いつも早く店を閉めちまうって、このお婆ちゃんは、文句ばかりいってるんですよ。早いったって、八時頃までやってるのにね。あの日だって、そのことで奥さんが怒って実家へ帰っちゃって、それを迎えに息子さんも行っちゃって、お婆ちゃん一人になったもんだから、意地になって、遅くまで店を開けてたんですよ。真夜中まで果実店がやってたって、お客なんか来やしないのにね」

「そんなこと、あんたにいわれる筋合いはありませんよッ」

と、安藤つねが、甲高い声で怒鳴った。日頃から、この二人は、仲が悪いのだろうと、十津川は思った。

どちらが悪いのか、この街の住人でない十津川にはわからなかった。

安藤つねが、強情な老婆だから、ふみ子が嫌っているのか、つねの方は、もともと、水商売の女が嫌いなのかも知れない。

「彼女のいった通りかね？」

佐々木が、つねにきいた。

「ええ。そうですよ。そうだったら、どうだっていうんです？　夜中まで、店を開けてちゃいけないっていうんですか？」

つねは、ふてくされた調子でいった。

カメラマンの浜野は、ニヤニヤ笑いながら見ている。

十津川は、ちらりと、交叉点の方に眼をやった。

岡村精一の姿は、まだ見えない。どこへ消えてしまったのだろうか？

「理由がわかれば、それでいい」

と、佐々木はいった。

「店を閉めかけていたところへ、犯人が飛び込んで来たんだね？」

「そうですよ。あんたの息子ですよ。殺人の犯人のね」

「しかし、飛び込んで来た瞬間は、犯人と思ったわけじゃないのじゃないかね？　あんたは、別に、殺人を目撃したわけじゃないんだから。ここからじゃあ、あなたには、向う側の歩道の暗がりは、よく見えない筈だ。相当、度の強い眼鏡をかけているからね」

「そんなことはありませんよ。見えますよ」

「じゃあ、試してみよう」

佐々木は、山口の傍へ寄ると、小声で、

「君がチョークで人形《ひとがた》を描いたところへ行って、立ってみてくれ。何もしないで、まっすぐに立っていてくれればいい」

と、いった。

山口は、うなずくと、大通りの向う側へ走って行き、歩道の暗がりに、こちらを向いて立ち止まった。

「今、彼に、向うへ行って、手をあげて貰ったんだが、どっちの手をあげているか、わかるかね？」

佐々木は、安藤つねにきいた。

つねは、眼鏡の奥の眼を細くして、じっと見つめていたが、

「右手をあげてるよ。それで、当っているんでしょ？」

その答に、佐々木は、微笑した。

意地の悪い実験だった。が、これで、安藤つねの眼の悪さは証明された。

つねも、気がついたらしく、口惜しそうに佐々木を睨んだ。

「わかりましたよ。あたしは、通りの向う側が、はっきり見えませんよ。でもね。あの時、店に飛び込んで来た男の顔は、ちゃんと憶えてますよ。はっきり見えましたか

らねえ」

「それで、私の息子は、飛び込んで来て、どうしたのかね？」

「いきなり、店先にあったリンゴを二つつかんで、ジャンパーのポケットに放り込んだんですよ」

「それから？」

「あたしは、当然、お金を払ってくれっていってやりましたよ」

「すると、その時は、私の息子を殺人犯とは思っていなかったわけだね？」

「え？　何ですって？」

「だって、そうだろう。もし、殺人犯だと思ってたら、怖くて、リンゴの代金なんか、請求出来なかったんじゃないかね？」

「まあ、そりゃあ、そうですけどね」

つねは、ふしょうぶしょう肯いた。

佐々木は、念を押すように、

「ということは、つまり、その時、私の息子は、殺人犯には見えなかったということになる。顔にも、服にも、血はついていなかったんだろうし、怖い顔もしていなかったんじゃないかね？」

「確かに、血はついてませんでしたよ。でも引き攣《つ》ったような顔をしてましたよ。それに、すぐ、殺人犯人だと、わかりましたよ」

「どうして？　息子は、パトカーの来る前に姿を消してしまった筈だ」

「当人が、あたしにいったんですよ」

「私の息子が、自分で、殺人犯だといったというのかね？」

「ええ。そうですよ」

「そのところを、ありのままに話してくれないかね？」

「あたしが、お金を払ってくれっていったら、あの男は、どういったと思います。こういったんですよ。『このクソ婆ア』って」

「それだけかね？」

「それから、続けて、こういったんです。『おれは、そこで人を殺して来たんだ。無駄口をきかずに、引っ込んでろ』ってね。そういうなり、あたしは、殴られて、床に転がっちまったんですよ。あいつは、その間に、その日の売上金六千円と、リンゴを盗って逃げたんですよ」

「売上金は、どこに置いてあったのかね？」

「このザルの中ですよ」

と、つねは、天井からぶら下っている竹製のザルを眼で示した。もちろん、今は、金は入ってなかった。

佐々木は、しばらくの間、じっと考えていたが、

「今いったことは、全て、事実だろうね？」

と、つねを見た。

「本当ですよ。警察にも、裁判の時にも、今の通り話しましたよ」

「もう一度、確認していこう。あの夜、店を閉めようとしていた時、一人の男が飛び込んで来た。その男は、私の息子に間違いなかったかね？」

「この明りの下で、顔を見たんですよ。人違いする筈がないでしょう？　警察で面通しした時だって、一度でわかりましたよ。佐伯信夫という、ぐうたらな若者だって」

「じゃあ、私の息子だったとしよう。次は、あんたを脅して殴りつけ、その隙に、売上金六千円と、リンゴ二つを盗んで逃げたというが、間違いないね？」

「ええ」

「リンゴは、その時一ついくらだったのかね？」

「百三十円ですよ」

「すると、二つで二百六十円になる」

「あたしだって、そのくらいの計算は出来ますよ」

「どうも不思議な事件だねえ。私の息子は、被害者の財布を盗んだ。このこと自体は、警察でも、裁判でも、認めている。ところで、警察に逮捕された時、その財布に

は、五万三千五百円入っていた。一万円札五枚、千円札三枚、五百円札一枚だ。その他、ジャンパーのポケットに、百円玉六枚と、十円玉九枚の合計六百九十円を持っていた。これは、警察の調書にも、はっきりと記載してある。となると、おかしくなってくる。そうじゃないかね？」

「何のことか、よくわかりませんけどねえ」

つねは、眼鏡の奥の眼を、ぱちぱちさせた。

「わかっている筈だよ」

と、佐々木は、老婆の顔を、真っすぐに見つめていった。

「第一に、そんなに金を持っていた私の息子が、なぜ、たった二百六十円のリンゴ代を払わなかったかがわからない。第二は、今いった所持金だと、この店から奪われた約六千円といわれる金額が一致しないことだ。五万三千五百円では、六千円の金額が入っていない計算になってしまうのだ。その六千円が、千円札だろうが、百円玉だろうがね」

「風俗店にでも行って、使ったんですよ。きっと」

「いや。違うね。私の息子は、翌朝、ラブホテルで逮捕されたんだが、ホテルに着いた時刻は、午前一時ジャストで、風俗店に寄っている時間はない」

「じゃあ、そのホテルの料金に、あたしの六千円を払ったんでしょうよ。きっと」

「違うね。そのラブホテルは、料金後払いで、払う前に、逮捕されてしまっているのだ」

「だから、何だっていうんです？」

と、つねは、ヒステリックに、佐々木に嚙みついた。

「あたしは、犯人に殴られて、リンゴ二つと、あの日の売り上げの六千円を奪《と》られたんですよ」

「もう一つ。私は、この町の信用金庫の外回りの職員から面白いことを聞いた。その信用金庫では、毎日午後八時に、商店街を回って、その日の売り上げを集金して、日掛貯金にすることになっているのだが、この店に来たとき、あんたが、今日は一銭も売り上げがないといったといっている。珍しいことなので、はっきり覚えていたんだ。その時、その職員は、妙なことがあるものだと思って、店に吊してあるザルをのぞいてみたら、確かに、一銭も入ってなかったともいっている」

「――――」

「すると、あんたがいった六千円の売り上げというのは、どうなるのかね？」

「午後八時から店を閉めるまでの売り上げですよ」

「ほう」

と、佐々木は苦笑して、

「朝から夕方の八時までは、一銭の売り上げもなかったのに、八時から午前零時までに、急に客が来て、六千円も売り上げがあったというのかね？」

「そうですよ」

「そいつは、おかしいや」

と、山口が、口をとがらせて、つねにいった。

「あの日の夕方、確か五時頃だ。僕は、みかんが食べたくなったんで、五百円、みかんを買ったじゃないか。その時、他にもお客がいたよ。だから、午後八時までにも、少くても五百円以上の売り上げがあった筈だぜ」

山口の言葉が、つねの形勢を決定的に悪くしてしまった。

つねは、唇を嚙んで、山口を睨んでいたが、ふいに、ワア、ワアと声をあげて泣き出し、

「みんなして、このあたしをいじめるウ」

と、わめき出した。

十津川にも、つねの証言の嘘が、はっきりとわかって来た。

多分、こういうことなのだ。

つねの一人息子が嫁を貰った。その嫁と、つねは、しょっちゅう、いさかいをしていた。よくある嫁と姑の関係だ。

それに、この家の家計も、つねの手から、息子の嫁の手に移ってしまっていたに違いない。

小遣いは貰っていたが、十分ではなかった。

事件の日、息子も嫁もいなかった。そこで、つねは、売り上げをヘソくろうと考えたのだ。

いつものように、信用金庫の職員が、一日の売り上げを集めに来た時、つねは、今日はゼロだったといって、売り上げを、どこかへ隠したのだ。

そして、殺人事件があり、佐伯信夫が店にやって来た。

リンゴ二つを、奪って行ったのか、代金を払ったのかは、さして問題ではない。つねは、売り上げを、佐伯信夫に奪われたことにすることを考えついたのだ。

2

結局、安藤つねは、十津川が考えた通りのことを、渋々、打ち明けた。

佐々木は、満足そうに肯いていた。が、十津川は、これが、何の役に立つだろうかと、何か空しい思いで、佐々木を眺めていた。

安藤つねの証言は、確かに、くつがえされた。

つねは、佐々木の息子が店に入って来たとき、まさか殺人犯とは思わなかった。彼は、ジャンパーのポケットから小銭を出して、リンゴ二つを買って出て行った。だから、店を閉めかけたところへ来た、少し酔っているらしい客という印象しかなかった。

ところが、後になって、警察から、あの男が殺人犯と聞かされて、びっくりすると同時に、猫ババした売り上げを、佐伯信夫に奪われたことにしようと思いついた。

これで、佐伯信夫が、安藤つねを殴り倒し、売り上げ六千円とリンゴ二つを強奪したという罪は消えた。

（しかし――）

肝心の殺人事件の方は、何の変化も、もたらしてはいないではないか。

今の状態では、佐々木が、獄死した息子の無実を証明しようとする努力は、細部では成功したようだが、無実の証明自体には、ほど遠い感じなのだ。

十津川は、冷静な第三者として、ここへ来ている。無理に連れて来られたのだが、佐々木の味方でもなければ、七人の証人たちの味方でもない。その十津川の眼から見て、佐々木の息子が、酔って口論のあげく、バーで会った男を刺殺し、財布を奪ったことは、間違いないように思えるのである。証人たちは、細部は訂正したが、佐伯信夫を犯人としていることに変りはない。

佐々木自身にも、それは、わかっているに違いなかった。

だからこそ、安藤つねが、自分の嘘を認めた瞬間は、満足そうに肯いたものの、すぐ、厳しく、冷静な表情に戻ってしまったのであろう。

「あんたは、無駄なことをしているよ」

と、佐々木に対して、冷たくいったのは、カメラマンの浜野だった。

佐々木が、黙って、視線を浜野に向ける。

浜野は、傍にあったリンゴをつかみ、一口、がぶりとやってから、

「この婆さんを言い負かしたところで、あんたの息子が、殺人犯だということに変りはないじゃないか。成程、この店で、売り上げの六千円と、リンゴ二つを強奪したという罪は消えたかも知れない。だが、殺人の罪も残っているし、死体から財布を奪ったことは、あんたの息子自身が認めている。つまり、殺人も、金品強奪も、両方とも、残っているわけじゃないか。何も変ってないじゃないか。だから、無駄なことをしているといったんだよ」

「私は、そうは思わんね」

佐々木は、落着いた声でいった。

この老人は、十何年か、ブラジルの大草原を相手にしてきた。その体験が、彼に落着きを与えているのだろう。大きなものを相手に闘ってきた人間の強みだ。

「証言の全部とはいわないが、その何パーセントかが、見栄や、利害関係による嘘だったことがわかった。それだけでも、私を勇気づけてくれる。今、正直な私の気持をいうのは損かも知れないが、いっておこう。十八年ぶりに日本へ帰ってきて、一人息子の獄死を聞いた時、胸がしめつけられるようだった。彼が、無実を叫び続けていたと聞いた時、その言葉を信じてやりたいと思った。また信じたからこそ、こんな真似をしたのだが――」

「いい迷惑だ」

と、浜野が、小声で呟いた。が、佐々木には聞こえなかったらしい。いや、聞こえたが、聞こえないふりをしていたのかも知れない。表情一つ変えずに、言葉を続けて、

「だが、一方で、私は、正直にいって、息子の言葉を信じ切れなかった。母親が亡くなった後の息子が、ぐれていたのは確かだし、強盗事件を起こしてもいた。いつも、ジャックナイフを持ち歩いてもいた。この事件でも、殺人は否定しても、死体から、五万三千五百円入りの財布を抜き取ったことは認めている。それに対して、七人の証人は、みんな、まともな人たちだ。職業はさまざまでも、前科なんかありはしない。中には、エリート社員もいる。冷静に考えて、その人たちの証言の方が、私の息子の言葉より信用できる。だから、私は、全く自信がなかった。ところが、七人の何人か

が、少しずつ、嘘をついていたことがわかって来た。確かに、それは、事件の核心には触れないことかも知れない。それはわかっている。だが、おかげで、少しは、息子の言葉を、信じることが出来るようになった。私は、それが嬉しいんだ」

「なかなかいい演説だがね。しかし、あんたの息子は、殺人犯だよ」

浜野は、冷たくいった。

「僕は、あんたの息子が、被害者を刺殺する決定的な写真を撮った。あんたが、いかに、巧みな言辞を弄《ろう》しても、あの写真一枚の前には、何の力にもなりはしないよ。あの写真さえあれば、こんな茶番は、何の意味も、持ちはしないんだが」

「その写真なら、君のマンションから持って来て、車のリアシートに入れてあるよ。ネガも、あの写真が掲載された新聞や、週刊誌もだ。私は、全てを、事実に即してやって行きたかったのでね」

「それなら、話は早いや」と、浜野は、ニッコリ笑った。

「みんなで、もう一度、あの写真を見てみようじゃないか。それで、この茶番劇も幕だな。あんたには悪いが、あの決定的な写真を見れば、息子さんの殺人は決定的だ。口惜しいかも知れないが、僕たちを釈放するんだね。この無人島は、観光地にでもして、あんたは、経営者になればいい」

浜野は、自信満々にいい、自分が先に立って果実店を出ると、通りに止めてあるホンダシビックの方へ、大股に歩いて行った。

十津川は、「殺しの決定的な瞬間の写真」という言葉から、思い出したことがあった。

新聞や、週刊誌にのって、評判になった写真である。

確か、若い男が、ナイフを振りかざしており、その足元に、被害者が倒れている写真だった。

それを見た時は、十津川が関係した事件ではなかったので、「こいつは、決定的な証拠だな」と思っただけだったが、あれが、この事件の写真だったのか。

確か、その年の「報道写真賞」か何か貰っている筈である。

浜野は、車のリアシートに首を突っ込むと、

「あったッ」

と、大きな紙袋をつかみ出した。

彼の手で、ホンダシビックのボンネットの上に、袋の中身が、次々に並べられていった。

新聞にのった写真

週刊誌にのった写真

浜野自身が引き伸ばした新聞大の大きな写真

そのどれにも、両手でナイフを振りかざした青年が、鮮明に写っていた。

その青年の顔は、明らかに、老人の息子、佐伯信夫だった。

「これなら、事件の時、新聞で見たよ」

山口が、新聞を手に取っていった。

「この写真がある限り、どうにもならないよ」

浜野は、冷たい眼つきで、老人にいってから、今度は、得意げに、みんなの顔を見回して、

「僕は、報道カメラマンだから、いつでも写真が撮れるように、フィルムを装塡《そうてん》したカメラを身近に置いておくんだ。夜には、ASA感度二〇〇という、今、世界で一番感度のいいフィルムを入れる。このフィルムだと、フラッシュなしでも、ちょっとした明りがあれば、ばっちり、写真が撮れるんだ。事件の夜も、ASA二〇〇の白黒フィルムを入れたこのニコンを脇に置いて、車の運転をしていた。ここまで来た時、その婆さんの果実店が開いていたんで、みかんでも買おうかなと思って、車を止めたんだ」

浜野は、いったん言葉を切り、もう一度、みんなの顔を見回した。まるで、自分の

話の効果を楽しんでいるような顔付きだった。

「そして、何気なく反対側を見て、仰天したね。今まさに、ナイフを振りかざして、人殺しをしようとしている男を見たからだ。普通の人間なら、大声をあげるところかも知れないが、僕は、プロのカメラマンだ。とっさに、カメラを構えて、シャッターを切っていた。僕のこの行為を、倫理的にどうのこうのと批判した人もいたが、僕は、正しい行為をしたと思っている。何等、恥じるところはない。あの時、車から飛び降りて駈け出して行っても、あんたの息子さんを制止することは不可能だったし、また、僕が、この決定的な瞬間の写真を撮ったおかげで、この事件の裁判は、スムーズに行ってたんだと思っている。もちろん、ここにいる皆さんのそれぞれの証言も大事だが、なんといっても、写真が示す真実には及ばないからねえ」

自信満々のいい方だった。

他の証人たちも、その通りだというように肯いている。

十津川は、佐々木が、どう反論するだろうかと、彼の顔を見たとき、

「岡村さんは、いったい、どこへ行っちまったのかなあ」

と、緊張を、はぐらかすように、二浪の山口が、大きな声を出した。

いつの間にか、東の空が、白みはじめている。それなのに、エリート社員の岡村精一の姿が、いぜんとして、見当らないのだ。

十津川は、刑事として、そのことの方が不安になってきた。

佐々木という老人が、獄死した一人息子のために、その無実を証明しようとしている気持は、よくわかる。

だが、今のところ、無実だという証拠は、どうも出て来ていない。証言の小さなミスは発見されたが、それが、事件の様相を変えたとは、とうてい考えられなかった。

それに、佐々木老人には悪いが、何といっても、過去の事件だ。

それに比べて、岡村精一が消えてしまったというのは、現実の事件である。

「どうだろう」

と、十津川は、猟銃を構えている佐々木老人に話しかけた。

「法廷は、この辺で、一時休憩ということにして、もう一度、島の中を、調べさせてくれないかね？　岡村さんの姿が見えないのが、どうしても、気になるんだ。あんただって、証人の一人が消えては気になるだろう？」

「警部さん」

「何だね？」

「あんたは、あの男が、どうかなったと思っているのかね？」

「刑事というのは、因果な商売でね。どうしても、悪い結果を、予測してしまうんだ。だから、心配している」

「悪い結果って、あの人が、死んだんじゃないかって、ことですの？」

千田美知子が、蒼い顔で、十津川にきいた。この女は、怖がっているが、岡村のことを心配してはいないと思った。岡村に対する愛情は、完全に醒めてしまったようだ。

「その恐れもありますね」

と、十津川は、正直にいった。

「いいだろう。三十分、私の法廷は休憩する」

佐々木は、判事のような口調でいった。

3

八人は、また、岡村精一を探しに、四方に分かれて、散って行った。

十津川が、歩きながら煙草に火をつけたとき、山口が、駈け足で追いついて来た。

「一緒にいたいんだけど、いいですか？」

と、山口は、眼鏡の奥から、十津川の顔色をうかがった。

「構わないが、どうしたんだい？」

十津川は、笑いながらきき返した。

「怖いんです。僕」

「佐々木という年寄りがかい？」

「ええ。一人で歩いてたら、あの鉄砲で、ずどんと殺《や》られやしないかと思って」

「何故、ずどんとくると思うんだね？」

「浜野というカメラマンの写真で、もう、あの事件は、あの爺さんがいくらがんばっても、どうしようもなくなったからですよ。あの写真がある限り、刑務所で死んだ息子の犯行は動かない。そうでしょう？」

「それで、自棄《やけ》になった老人が、片っ端から、君たち証人を殺すと思うのかね？」

「ええ。一人息子は、人を殺したんだから、刑務所に入れられたって当然だし、刑務所の中で死んだんだって、自業自得っていうもんでしょう？　だけど、父親のあの爺さんにしたら、僕たち証人が、死なせたと思ってるに違いありませんからねえ。きっと僕たちを殺しますよ」

「私には、そうは思えないがね」

と、十津川はいった。

証人を殺す気なら、こんな面倒なことはしまい。それに、無闇に証人を殺しても、死んだ一人息子が浮ばれないことぐらいはわかるだけの分別は、持っていそうな老人だと、十津川は、考えていた。

海岸に出ると、水平線に、真っ赤な太陽が、昇りかけているのが、はっきり見えた。

「夜が明けるな」

と、十津川は、呟いた。

「あッ」

と、山口が、甲高い声をあげたのは、その時だった。

「どうしたんだ？」

「あれッ」

と、山口は、真青な顔で、眼の下を指さしている。
四、五メートルの断崖の下に、コバルトブルーの海面が見え、そこに、背広姿の男が、俯伏せに、ぷかぷか浮んでいるのだ。
岡村精一だった。

「し、死んでるんですか？」

山口が、声をふるわせてきいた。

「そうらしいな。とにかく、引き揚げなきゃならん」

十津川は、降り口を探し、足元に気をつけながら、下の岩場におりて行った。

山口も、蒼い顔でついてくる。

下におりると、十津川は、ズボンの裾をまくりあげて、海に入って行った。

幸い、岡村精一の死体は、岸の方に打ち寄せられていたので、五十センチぐらいの深さのところで、つかまえることが出来た。

着ている背広が、どっぷりと海水に浸っているので、ひどく重かった。

山口にも手伝わせ、まず、岩場に引き揚げ、それから、二人で担いで、崖の上まで運んだ。

そこで、草むらの上に、仰向けに横たえた。

「泳いで逃げようとして、溺れたんでしょうか？」

山口は、恐る恐る死体を見下しながら、十津川にきく。

「違うな。殺されたんだ」

「殺されたって、誰に、何のためです？」

「それが簡単にわかれば、苦労はないよ。君は、みんなを、ここへ呼んで来てくれ」

「岡村さんが殺されたって、みんなにいっていいですか？」

「ああ、いいよ」

十津川が、肯くと、山口は、すっ飛んで行った。

一人になると、十津川は、死体の傍に屈み込み、煙草に火をつけた。

周囲は、どんどん明るくなってくる。ずぶ濡れの死体も、はっきりと眺めることができた。

死体の後頭部が、陥没している。海水に洗われて、もう血は出ていないが、それが致命傷であることは、はっきりしていた。

濡れた背広の内ポケットを調べてみると、財布も、身分証明書も、無くなってはいなかった。高価そうな腕時計も、盗られてはいない。

十津川が、立ち上って、考え込んだ時、山口を先頭にして、みんなが、駈けて来るのが見えた。

カメラマンの浜野が、いきなり、横たえられている死体に向って、カメラのシャッターを切った。本当に、仕事熱心な男だ。それとも、ポーズだろうか？

「殺されたというのは、本当なのかね？」

佐々木が、死体と、十津川の顔を見比べるようにしてきいた。

「本当だ。誰かが、重い石か何かで、後頭部を殴打して殺し、ここから、海へ投げ込んだのだ」

「島から逃げようとして、海に飛び込んだとき、岩に頭をぶつけたんじゃないのかね？」

と、小林啓作が、異議をはさんだ。

「違うね。この仏さんが、ここへ来た時は、まだ、夜は明けてなかった。月明りだけでは、海の深さはわからないし、崖のすぐ下は岩場だ。いくら逃げたいからといって、いきなり、頭から飛び込む馬鹿はいない。誰だって、崖をおりてから、海に入って、泳いで行く筈だ。それに、頭から飛び込んだところで、後頭部を岩にぶつけるということは、あり得ませんよ」

「しかし、殺しだとすると、いったい誰が、殺したりするのかね？　金でも盗るつもりだったんでしょうか？」

「いや。財布《かね》は盗られていない」

「じゃあ、誰が、何のために？」

「決ってるじゃないか」

と、浜野が、まっすぐに、佐々木を指さして、

「彼が殺したのさ。結局、彼は、われわれを殺す気なんだ。一番逃げたがっていた岡村さんを、まず、殺したんだよ。後頭部を殴られてるっていうけど、それは、銃の台尻で、殴ったのかも知れないぞ」

浜野の言葉で、みんなが、一斉に、佐々木を見つめた。

その視線に押されるように、佐々木は、一、二歩退がってから、

「私じゃない。私の目的は、事件の真実を知ることで、君たちを殺すことじゃない」

「あんたの他に、犯人はいないじゃないか」

浜野は、怒った声でいった。

他の者も、口々に、「そうだ。そうだ」と叫んだ。

佐々木は、彼等を睨み返して、銃を構え直した。

「みんな、落ち着きたまえ」

十津川は、彼等の間に身体を入れるようにしていった。

「まだ、佐々木さんが殺したと決ったわけじゃないんだから」

「でも、浜野さんのいう通り、あの人の他に、岡村さんを殺す動機のある人は考えられませんわ」

千田美知子が、十津川にいった。

「果して、本当にそうか、みんなで考えてみようじゃないか」

と、十津川は、冷静な眼で、六人の証人と、佐々木の顔を見渡した。

「しかし、警部さん」

と、小林が、男にしては甲高い声を出した。

「なんです？」

「われわれ七人の証人の中の一人が、殺されたんですよ。犯人は、この中にいることだけは、はっきりしている。そして、われわれを憎んでいるのは、猟銃を持っている彼だけなんだ。彼が、銃を持っている限り、われわれは、おちおちできませんよ。いつ、この岡村さんみたいに、殺されるかわからないんだから」

「同感だな」

と、浜野が、すぐ肯いた。

「あたしも、怖くて仕方がないわ」

バー「ロマンス」のマダムのふみ子も、佐々木を睨んだ。

「どうだろう？　佐々木さん」

十津川は、老人に近づいて、話しかけた。

「しばらく、その銃を、私に預けないかね？　このまま、あなたが銃を持っていたら、みんなが、岡村さんを殺したのは、あなただと思う。浜野さんのいう通り、銃の台尻は、殴り殺すには、もってこいの凶器だからね」

「これを渡したら、すぐ、私を逮捕するんじゃないのか？　それなら、この銃は渡せん。私は、死んだ息子のために、ぜがひでも真実を明らかにしなきゃならんのだ」

「銃は、一時預かるといった筈だよ。それに、私が、あなたを逮捕したところで、あなたの協力がなければ、われわれは、この島を出られないんだ。七時になったら、船が来るといったが、あなたの合図がなければ、島には近づかないんじゃないのかね？」

「そうだ。私が、真相がわかったと合図しなければ、船は、沖で停船して、島には近づかんことになっている」

「じゃあ、私が、あなたを逮捕しても仕方がないことになるじゃないかね？」

「それに、私は、息子のために、真実を調べあげなければならないんだ」

「わかっている。それも、私が、あなたの気に入るように、やってあげるよ。約束する」

「警部さん。そんなやつに、そこまで譲歩する必要はないじゃないか。さっさと、銃を取りあげればいいんだ」

浜野が、大声でいった。

十津川は、じろりと、若いカメラマンを睨んで、

「じゃあ、君が、彼から銃を取りあげてみたまえ」

その一言で、浜野は、黙ってしまった。

佐々木は、黙って、十津川に近づくと、右手に持った猟銃を差し出した。

「あんたを信じることにしよう」

「ありがとう」

と、十津川はいって、ずっしりと重い猟銃を受け取ったが、つかつかと、崖っぷちまで歩いて行くと、いきなり、その銃を、海に投げ捨ててしまった。

4

「何をするんだ？」

と、佐々木が、顔色を変えた。

十津川は、笑って、

「真相究明に、銃なんか必要ない。それに、銃が無くとも、われわれの命は、あなたが握っていることに変りはないんだ。この島から脱出できるかできないかという切札をね」

「これから、どうするんです？」

山口が、相変らず、どもり気味にきく。

「決っている。殺人事件が起きたんだから、犯人を見つけ出す。それから、一年前の事件の真相を調べあげる」

十津川は、きっぱりといった。

「しかし、警部さん。一年前の事件は、浜野さんのあの決定的な写真で、決着はついたんじゃありませんの？」

三根ふみ子が、口をはさんだ。

当の浜野も、同調して、

「そうですよ。警部さん。あの写真以上の真相は、あり得ませんよ。一人息子の無実を信じたいそこのご老人には、お気の毒ですがね」

「確かに、その写真は、決定的かも知れん」

と、十津川は、二人に肯いてから、

「しかし、新しい殺人事件が、もし、一年前の事件との関連で起き、しかも、佐々木さんが犯人でないとしたら、一年前の事件は、再考する必要があると、私は考えている」

と、いった。

自信はない。みんなのいう通り、佐々木が犯人かも知れなかった。その可能性は強いのだ。獄死した一人息子のために、息子を有罪に持っていった七人の証人を、一人ずつ殺していく。あり得ないことではないどころか、よくある話だ。

しかし、もし、佐々木が犯人でなかったら、一年前の事件も、再考の余地が生まれてくるのだ。

だが、どうやって、新しく起きた殺人事件を調べたらいいのだろうか？

部下は誰もいない。

六人の証人は、佐々木の犯行と決めつけて、それ以外の意見に耳を貸そうとはしないだろう。

だが、なんとしてでも、事件は解決しなければならない。なんとなれば、十津川が刑事だからだ。

十津川は、七人の顔を見渡した。この中に、岡村精一を殺した犯人がいることだけは、確かなのだ。

「みんなも、一緒に考えて欲しいのだ。私も含めて、この中の誰にも、被害者を殺すチャンスがあった。一度、全員が、ばらばらに、島の中を歩き回った時がある。あの時、殺せた筈なのだ」

「しかし、僕たち七人の証人は、いわば、仲間だったわけですよ」

と、浜野が、カメラを、撫でるようにしながら、十津川にいった。

「岡村さん一人だけが、反対意見をいった証人だというのなら、僕たちの中に、犯人がいてもおかしくはないけど、全員が、佐伯信夫が犯人だと、法廷で証言したんですからね。そこの爺さんから見れば、僕たち七人は、いわば同じ穴のむじなだったわけですよ。利害が一致している人間を、殺すわけはないじゃないですか」

「確かに、君のいう通りだ。だが、個人的な恨みということもある。この中で、被害者と最近まで親しくしていたのは、千田美知子さんだけかな？」

十津川は、全員を見渡した視線を、美知子で止めた。

「その通りですよ。警部さん」

といったのは、ふみ子だった。

「僕は、岡村さんに会ったのは、一年前の事件の時が生れて初めてだったし、裁判で一緒に証言した、といっても、お互に話し合ってはいけないといわれていたし、その後も、昨日以外、会っていない。他の人たちだって、同様だと思うな。全然、関係がない人間なんだから」

と、いったのは、浜野だった。

山口も、小林も、果実店の安藤つねも、こもごも、同じことを口にした。

その言葉に、嘘はないようだった。もともと、岡村精一は、事件があった町の住人ではなかったし、事件の夜、たまたま、部下の千田美知子を車で送って来て、殺人事件の目撃者になったに過ぎないからである。

と、すると、残るのは、千田美知子か、佐々木老人かということになってくる。

「あたしが、殺したんじゃありません」

と、美知子は、激しく、首を横に振った。

「しかし、あなた一人が、他の証人と違って、被害者の知り合いだった。上司と部下ということで、肉体関係もあった」

「ええ。それは否定しません。でも、さっきもいいましたけど、あたしは、もうじき、結婚することになっているんです。岡村さんに未練なんか、全然、ありませんでした」

「あなたの方に無くても、彼の方にあったんじゃないかな？　三面記事みたいな現象だが、中年男というのは、自分と関係のあった若い女性、しかも、あなたのような美人が、いざ結婚するとなると、急に、未練になるんじゃないかね。それで、結婚しても、関係は続けろ、さもないと、相手に、二人の関係をバラすと、あなたを脅していたんじゃないのかね？　それに、あなたが悩んでいる時に、たまたま、一年前の事件のために、この孤島に連れて来られた。あなたにとって、絶好のチャンスになったわけだ。ここで、岡村精一を殺しても、犯人は、佐々木老人だと誰もが思うからね」

「違います」

「違うことを、証明できるかね？」

「警部さんは、岡村さんという人を、知らないんです。死んだ人を悪くいいたくありませんけど、気が小さい人だったんです。あたしとの仲だって、どうしたら上手く清算できるだろうかって、そのことばかり、考えていた人なんです。うちの銀行は、男女関係にうるさいんで、あの人、びくびくしていたし、女のために、今の地位を棒に振るような情熱的な人じゃありません。あたしが、結婚することになって、あの人、ほっとしてたんですよ。あたしだって、結婚したら、銀行をやめることになっていたし、そんなあたしが、岡村さんを殺す筈がないじゃありませんか」

「しかし、それは、あくまで、あなたがいっていることで、事実だという証明は、できないんじゃないかね？」

十津川が、冷たくいうと、美知子は、口惜しそうに、じっと、唇を噛んでいたが、何を考えたのか、ハンドバッグを開けると、パスポートを取り出して、十津川の眼の前に突きつけた。

「これは、証明にならないかも知れませんけど、あたしは、結婚したら、新婚旅行には、彼とハワイに行くつもりで、こうして、パスポートを取ったんです。三日前です。岡村さんとの間が、ごたごたしていたら、パスポートなんか取る気にはなれないんじゃないですか？」

美知子は、怖い眼をして、十津川を睨んだ。

彼女の論理は、むろんおかしい。岡村との間のごたごたから逃げたいために、ハネムーンに国外を選び、パスポートを取ったということも、当然、考えられるからである。

ただ、十津川は、美知子の必死の眼に、胸を打たれた。

こんなことで、折角つかんだ女の幸福を駄目にしてたまるものかという、美知子の気持が、突きつけられたパスポートから、ひしひしと感じられたのである。

だからといって、十津川も、刑事である。それも、駈け出しではない。刑事になって二十年近く、捜査一課では、温厚だが切れる警部といわれている男である。胸を打たれたが、美知子の無実を信じるほど、甘くもない。

ただ、一応、美知子から、視点を、他に変えた。

(彼女が犯人でないとしたら、誰が、何のために、岡村を殺したのだろうか?)

他の五人の証人が、岡村と個人的な関係がなかったことは、信じてよさそうである。

とすると、やはり、残るのは、佐々木老人になってしまうのだが、十津川には、どうしても、このブラジル帰りの老人が、岡村を殺したとは思えなかった。

あまりにも、平凡すぎる。

佐々木は、老人だが、頭は、ぼけていない。そのことは、証人たちに対する反対訊問で、よくわかる。頭のいい老人といっていいだろう。そんな佐々木が、自分に疑いがかかるとわかっていて、岡村を殺すだろうか?

佐々木は、反対訊問の途中だったのだ。浜野の写真は、決定的な感じを与えるが、あの写真に対しても、佐々木は、何か反論を持っているに違いない。だからこそ、わざわざ、あの写真も、ここへ持って来たのだろう。それに、岡村が殺されたのは、あの写真が問題になる前だ。

「よし。もう一度、あの街に戻ろう」

と、十津川は、決断を下した。

「何故、戻らなきゃならないのか。わからないな」

案の定、浜野が、反対した。彼は言葉を続けて、

「一年前の事件は、僕のあの写真で、結着がついた。佐々木さんには、気の毒だがね。それに、岡村さんを殺したのは、誰が考えたって、彼以外にはないじゃないですか。他の六人には、殺す動機がないんだから。だから、僕たちは、ここにいて、船が来るのを待っていればいい。船が来たら、警部さんが、佐々木さんに、合図させて、船が接岸させる。そして、みんな、この島から出るんです。それで、この馬鹿馬鹿しい茶番劇は、終りですよ。違いますか？」

「違うね」

「どう違うんです？」

「いいかね。まだ、佐々木さんが犯人だと決ったわけじゃない。これが第一点だ。第二に、私は、彼から銃を取りあげる時、反対訊問を続けさせると約束した。その約束を、私は、果すつもりだ」

「いやだといって、僕たちが、ここから動かなかったら、どうする気です？」

「君たちは、永久に、この島から出られなくなるだろうね。佐々木さんは、満足のい

くまで反対訊問をしなければ、絶対に、船が来ても、合図をしないだろうからだ。私も、彼に強制する気はない。だから、この島から出たかったら、この島で、全てを解決しなければならないのだ。それも、直感によってではなく、実証によってだよ」

第五章　新たな殺人

1

佐々木以外の六人が、不満たらたらであることは、その表情に現われていた。が、それでも、結局は、仕方がないというように、あの奇妙な街に向って歩き出した。

佐々木が、十津川の横に来て、

「ありがとう。警部さん」

と、ささやいた。

「まだ、私に感謝するのは早いよ。私は、あなたを全く疑っていないわけじゃないんだからね」

「わかっている」

と、老人は陽焼けした顔で肯いた。

街に入ったところで、山口少年が、急に、

「腹がすいたなあ」

といった。

殺人があった直後にしては、不謹慎な発言だったが、人間というやつは、どんな場合でも、腹は、減るものだ。

「あたしは、のどが渇いたわ」

と、いったのは、千田美知子だった。

十津川が黙っていると、浜野が、例によって、皮肉な眼付きで彼を見て、

「どうせ長くかかるんだろうから、腹ごしらえをしたいな」

「今日中に、家に帰して貰えないのかね？」

安藤つねが、鼠のような小さな眼で、十津川の顔色を窺《うかが》い、続いて、佐々木の顔色も窺った。

「事件が全て解決すれば、今日にでも、私が責任を持って帰す。だが、少しでも疑惑が残っている限り、私は、君たちを帰すわけにはいかない。それは、銃と引き換えに、この人と、約束をしたことだからだ」

十津川は、きっぱりと、安藤つねだけにではなく、みんなに向っていった。

「やっぱりだ」

と、浜野は、肩をすくめて、

「警察は、中立じゃなかったんですかね？」

「私は、中立だ。だが、約束は約束だ。それに、岡村さんが殺された以上、私は、刑事として犯人を捕えなければならん」

「犯人はその男ですよ」

安藤つねが、まっすぐに、指を佐々木に向けた。

「私じゃない」

と、佐々木がいった。

また、さっきと同じののしり合いが始まりかけた時、十津川が、大きな声で、

「やめたまえッ」

と、怒鳴った。

「犯人は、私が捕えてみせる」

「いつまでかかることやら。やっぱり、腹ごしらえをしとかなきゃあな」

浜野は、「ロマンス」のマダムを見て、

「なんか、食べさせてくれないかな？」

「いいわ。皆さんも、あたしの店へ来て頂戴。何か作るわ」

ふみ子は、先に立って、自分の店へ入っていった。

御飯や、味噌汁が作られ、十津川たちは、ご馳走になった。おかずは、ハムエッグと、野菜いためだけだったが、彼女の料理の腕は、なかなかのものだった。

「おいしかったよ」

と、十津川がほめると、彼女は「どうも」と、笑ってから、佐々木に、ちらりと眼をやった。

「お礼なら、そこのお爺さんにいって下さいな。何もかも用意してくれといたのは、そのお爺さんなんですからね」

彼女の言葉には、明らかに、皮肉がこめられていた。何もかも、という言葉を、殊更、強くいったのにも、それが表われていた。

当の佐々木は、黙々と、食事をとっていた。

十津川は、煙草を吸おうとしたが、あいにく、もう切れていた。

「煙草はあるかね？」

と、ふみ子にきくと、彼女は、

「あたしの本当のお店なら、いつも、カウンターの下に、セブンスターとハイライトを用意してあるんだけどね」

と、カウンターの下に眼をやってから、

「あったわ」

セブンスターとハイライトを一箱ずつ取って、カウンターの上に置いてくれた。

十津川は、セブンスターの方を貰い、火をつけた。

「あらッ」

と、ふみ子が、大きな声をあげたのは、その時だった。

みんなの視線が、一斉に、彼女に注がれた。

「どうしたんです？」

十津川が、彼女にきいた。

「ナイフが無くなってるんです。ナイフが」

「ナイフ？　あのジャックナイフ？」

「ええ。さっき、佐々木さんが、一年前の事件の時のナイフと同じものを出されて、このカウンターの上に置かれたでしょう。それを、あたし、また、事件が起きちゃいけないと思ったから、カウンターの下に、しまっておいたんですよ」

「それが、無くなっている？」

「ええ」

「佐々木さん」

と、十津川は、まだ、悠然と食事を続けている佐々木を見た。ブラジルで十八年間暮して来たというだけに、食べ方も、他の者と比べて、ゆっくりとしている。

「何ですか？」

佐々木は、顔を上げて、十津川を見た。

「あなたですか？　ナイフを持って行ったのは？」

「いや、私じゃない。疑うんなら、身体検査をしてもいい。私は、そのカウンターにのせたまま、触っていない」

「じゃあ、誰です？　カウンターの下から、ジャックナイフを持ち去ったのは？」

十津川は、一人一人、顔を見ていった。彼が視線を動かす度に、浜野や安藤つねや、小林啓作や、山口が、不機嫌に首を横に振った。最後に、千田美知子も、「あたしじゃないわ」と、強い声で否定した。

十津川の顔が、一層、難しくなった。

彼は、マダムの顔を強い眼で見た。

「念を押しますが、ジャックナイフを、カウンターの下に置いておいたというのは、間違いないんでしょうね？」

「今もいったように、間違いがあっちゃいけないと思ったんで、わざわざ、カウンターの下にかくしておいたんです」

ふみ子は、同じ言葉をくり返した。

誰が、何のために、そのナイフを盗んだのだろうか？

十津川にとって、犯人の動機が問題だった。

ナイフは、ナイフそのものは、凶器ではない。だが、持つ人間の意志によって、たちまち、人を殺す凶器になる。

（盗んだ人間は、凶器として使う気なのだろうか？）

もし、そうなら、第二の殺人は、なんとしてでも、防がなければならない。

「皆さんには申しわけないが、身体検査をさせて頂きます」

と、十津川は、みんなの顔を見回しながらいった。

しかし、全員の身体検査が終っても、ジャックナイフは、見つからなかった。

犯人は、カウンターの下から盗み出したナイフを、どこかへ隠したのだ。

（誰が、何のために、そんなことをしたのだろうか？）

2

陽が昇り、周囲は明るくなってきたというのに、人々の心は、一層、重苦しいものになってしまった。

あのジャックナイフを盗んだ人間が、まさか、ナイフの収集家だとは、誰も思いはしない。誰もが、不吉な予感に怯えているように見えた。

「何とかして下さいよ」

と、安藤つねが、金歯を光らせて、十津川にいった。

「早く、そこにいる佐々木って男を、ふんじばっちゃって下さいよ。そうしてくれないと、あたしたち、みんな殺されちまうわ」

「彼が、ナイフを盗んだと思うんですか？」

「他に誰がいるっていうんです？　犯人は、誰かを殺すために、盗んだんですよ。その男以外に、あたしたちを殺そうなんて人は、誰もいませんよ。銃が無くなったもんだから、今度は、ナイフで、あたしたちを殺そうとしてるんですよ。死んだ息子の仇を討つ気なんだ」

「他に、動機を持っている者がいるかも知れませんよ」

「あたしたちの中に、人殺しがいるとでもいうんですか？」

安藤つねが、また、金歯を光らせて、十津川に食ってかかった。

十津川は、苦笑しながら、

「あなたが、『ロマンス』のマダムを、あまり心良く思っていないと聞きましたが」

というと、つねは、一瞬、ひるんだような顔になってから、

「そりゃあ、あたしは、水商売の女なんか好きじゃありませんよ。でも、殺すほど嫌いじゃありませんよ」

「今のは、一つの例としていったので、あなた方の中に、ひょっとすると、隠された憎悪のようなものがあって、それが、この島に閉じ籠められている間に、噴き出したということも考えられなくはない」

「ナンセンス！」

浜野が、大きな声で抗議した。

十津川が、ジロリと浜野を睨んだ。が、あくまでも冷静な口調で、

「どこがナンセンスなのかね？」

「ちょっと考えれば、あなたの考えが、ナンセンスなことはわかりますよ」

「だから、その理由を聞いているんだ」

「いいですか。警部さん。さっきもいったように、一年前の事件の証人、つまりわれわれ七人は、あの事件で、初めて顔を合せたといってもいいんです。ああ、わかってますよ。浪人の山口君、果実店の安藤つねさん、それに『ロマンス』のマダムは、近所に住んでいたから、前から知り合いだったのは、十分承知していますよ。しかし、殺すほど憎み合っていたとしたら、ここに来るまでに、何かの事件を起こしている筈ですよ。ところが、事件は何も起きていない。また、僕や、岡村精一さんや、千田美知子さんは、あの事件で、初めて一緒になったのだし、そのあと、顔を合せていないのだから、殺さなければならない理由がない。小林啓作さんは、『ロマンス』によく

飲みに来ていたから、マダムとは顔馴染みだったろうが、他の五人とは、あの事件が初対面だった。それに、僕たち七人は、一致して、佐伯信夫、つまり、そこにいる佐々木さんの息子を犯人と証言したんで、その点でも、憎み合う理由は、全くないんだ。まして、殺す理由なんか尚更ね」

「私も、この人の意見に賛成だね」

どちらかといえば、口数の少い小林啓作が、十津川に向っていった。

十津川は、去年、定年になったという初老の男を見返した。

「どう賛成なんです？」

わかっていたが、十津川は、意地悪く質問した。

小林は、一瞬、驚いたような顔になったが、すぐ、むっとした表情になって、

「わかってるじゃありませんか。私が考えても、浜野さんの意見に賛成だということです。私たち七人は、一年前の事件の証人になったわけだが、その時も、それ以後も、意見が合ったし、喧嘩したこともなかった。これは誰に聞いても、わかることですよ。こんなことがなければ、岡村さんだって、殺されずにすんだと、私は思っている。つまり、犯人は、彼以外には考えられないんだ」

と、佐々木を指さしてから、

「ナイフをかくしたんだって、彼に決っています。銃が無くなったんで、今度は、ナ

イフで、私たちを一人ずつ殺す気なんだ。だから警部さん。二人目の被害者を出したくなかったら、さっき、安藤つねさんがいったように、あの爺さんを縛りあげておくべきですよ」

「その通りだよ。警部さん」

と、安藤つねもいった。

他の三人、マダムと山口と、千田美知子は、黙っていたが、その眼は、明らかに、浜野や小林の意見に賛成していた。

十津川は、ちらりと、佐々木に眼をやった。

佐々木の陽焼けした顔が、いくらか蒼ざめている。

「私を逮捕するかね？　警部さん」

と、佐々木が、低い声で、十津川にきいた。

「ナイフを隠したのは、あなたですか？」

十津川が、きき返す。佐々木が、小さく首を横に振った。

「私じゃない。といっても、信じて貰えないでしょうがね」

「信じて貰いたかったら、われわれを、すぐこの島から出すことだ」

と、切り返したのは、浜野だった。

「そうすれば、われわれは、あんたを信用してやるよ」

「それは出来ない」

「なぜ、出来ないんだ？　合図を送って、船を呼び寄せればいいことじゃないか」

「私の仕事が、まだ終っていないからだ」

「われわれ全部を殺す仕事のことをいってるのかい？」

「いや。一年前の事件でのあなた方の証言を、再確認する仕事のことだ」

「それなら、もう終った筈だよ。僕の写真で、決ったんだ。まさか、僕の決定的な写真にまで、ケチをつけようというんじゃないだろうね？」

浜野の声が、甲高くなった。

佐々木は、ゆっくりと、煙草に火をつけた。

「写真も、必ずしも決定的な意味を持っていないと、私は思っている」

「何だって？」

浜野が、真っ赤な顔で、佐々木を睨みつけた。

だが、浜野がいくら激怒しようが、佐々木の気持が変らない限り、誰一人、この島を脱け出すことは出来ないのである。

（とにかく、この佐々木老人のやりたいように、やらせてみるより仕方がない）

と、十津川は、考えていた。もちろん、その間に、十津川としては、岡村精一を殺した犯人を見つけ出さなければならないのだが。

「ちょっと海を見に行って来てもいいですか？」

山口が、場違いな、のんびりした声を出した。浜野が、怒りに水をかけられた感じで、舌打ちをした。

「構わないよ」

と、十津川はいった。

山口は、ニッと笑い、「腹ごなしに、海が見たくなったんだ」と、十津川にいった。

「一時間したら、ここへ戻って来ますよ」

「あたしも、海が見たくなったわ」

千田美知子が、釣られたようにいい、彼女の方は、十津川の許可を待たず、すたすたと外へ出て行った。

みんな、重苦しい空気に耐えられなくなって、新鮮な空気を吸いたくなったらしい。それを引き止める権限は、十津川にはなかった。

十津川がいったのは、一時間したら、ここに戻って来てくれということだけだった。

ただ、佐々木に対しては、

「あなたは、私と一緒にいて貰いたい」

と、十津川はいった。

佐々木の眼が光った。

「警部さんも、やはり、私を疑っているんだな？」

「その質問には、イエスともノーともいえないね。私の信条は、物事を、何の先入主もなしに見るということだ。だから、岡村精一を殺し、ジャックナイフを隠したのは、あなたかも知れないし、他の六人の中の一人かも知れないと思っている。ただ、今度、何か事件が起きたら、間違いなく、あなたが疑われる。下手をすれば、あなたを、私刑《リンチ》にかけかねない。だから、私と一緒にいて頂きたいのだ」

「そうして貰えれば、僕は、安心して、散歩に行って来られますよ」

と、浜野が、ニヤッと笑っていい、一番最後に、店を出て行った。

3

佐々木と二人だけになると、十津川は、真剣な眼付きで彼を見た。

「ナイフは、どこへ隠したのかね？」

と、きいた。

佐々木の顔が歪んだ。

「あなたまで、私の仕業だと思ってるんじゃあるまいね？」

「いや。そうはいっていないよ。だが、もともと、あのナイフは、あなたの物だ。それに、あなたは、七人の証人を威圧するために猟銃を用意してきた。相手が七人なのだから、当然の準備だと思う。その銃が無くなってしまった時、あなたが、それに代るものとして、ジャックナイフを手に入れたとしても、別におかしくはないと、私は思っている。違うかね？」

「残念ながら、私じゃない」

「本当に違うのかね？」

「違う。私が持っているのなら、隠したりはしない。堂々と、あなたにも、他の者にも見せるよ」

「あなたでないとすると、いったい誰が？」

十津川は、椅子に腰を下したまま、宙に視線を泳がせた。

他の六人の中の誰かが、ナイフを隠したのだろうか？

「ロマンス」のマダムが、ナイフを別の場所にしまって、カウンターの下と勘違いしているのではないのか。

十津川は、カウンターの中に入り、佐々木にも手伝って貰って、棚や、ガスレンジの裏などを探してみた。が、どこからも、あのジャックナイフは出て来なかった。

十津川は、探し終ってから、黙って、煙草に火をつけた。

顔は平静だったが、内心では、不安が、じわじわと広がってくるのを感じていた。

佐々木が嘘をついていて、彼がナイフを隠したのだとすれば、問題はない。彼を監視している限り、ナイフを使っての殺人は起きないからだ。

しかし、他の誰かが隠したのだとしたら、こうしている間に、あのナイフが、凶器に使われる恐れがあった。

「私と一緒に来て下さい」

と、十津川は、佐々木にいった。

「何をするのかね？」

「みんなが無事かどうか調べるんだ。ひょっとすると、あのナイフで、誰かが殺されるかも知れないからね」

「それなら、二手に分かれて島の中を探した方が早い」

「いや。私と一緒に来るんだ」

「つまり、まだ私を疑っているということだね？」

「率直にいえばその通りだ」

十津川は、飾らずにいい、店を出た。佐々木も、彼について、外へ出た。

素晴らしい青空が、頭上に広がっていた。

気温もあがり、歩きながら、十津川は、上衣を脱いだ。こんな日には、海辺に腰を下し、釣糸を垂れていたら最高の気分だろうと、ふと思った。

だが、岡村精一の死体が浮んでいた海岸に出ると、十津川の眼は、また、厳しく、鋭くなった。

岡村が、ここで殺され、海に投げ込まれたことは、まぎれもない事実なのだ。何者かが、あのエリート社員を殺したのだ。ただ、やみくもに殺したのではあるまい。殺す理由があったからこそ殺したのだ。ジャックナイフを隠したのが、岡村を殺した人間と同一人なら、十中八、九、凶器として盗んだに決っている。

（いったい、誰が、何のために？）

十津川は、同じ質問にぶつかった。

佐々木が犯人ならば、動機は明らかだ。

浜野がいうように、自分の一人息子を刑務所に送り込み、病死させた七人の証人を、皆殺しにしようとしているに違いない。

だが、なぜか、十津川は、佐々木が犯人とは思えなかった。

理由は、彼自身にもわからない。冷静に考えれば、この島にいる人間の中で、一番強い殺人の動機を持っているのは、やはり、佐々木だと、十津川も思う。他の七人には、今のところ、殺し合う理由が見つからないのだ。

それにもかかわらず、十津川は、佐々木が犯人とは思えなかった。彼がナイフを隠した当人だとしても、この気持は変らなかったろう。

十津川には、どうしても、このブラジル帰りの老人が、むやみに殺人を犯す人間には見えなかった。

「とにかく、みんなを探そうじゃないか」

振りかえっていった十津川が、とたんに、強く舌打ちをしたのは、そこに、佐々木の姿がなかったからである。

いつの間にか、姿を消してしまっているのだ。

(仕方のない爺さんだ)

十津川は、この男にしては珍しく、眉を寄せ、怒りの表情を見せて呟いた。

(こんな状態で、誰かが殺されたら、間違いなく、疑いは佐々木にかかってくるじゃないか。そうなったら、おれにも、どうしようもなくなってしまう)

十津川は、海岸に沿って歩き出した。事件が起きる前に、佐々木を捕えなければならない。

小さな松林と、この島唯一の砂浜のある所で、山口に出会った。

いかにも十九歳の若者らしく、ズボンの裾をまくりあげて、ジャブジャブと、膝の辺りまで海水に浸って遊んでいた。そのまま、十津川を見て、

「冷たくないですよ。警部さんも入ってみませんか。魚が見えますよ」

と、楽しそうにいった。

「佐々木さんを見なかったかね？」

十津川が聞くと、山口は、バシャバシャと水音を立てて、砂浜にあがって来てから、

「あの爺さんが、何かやったんですか？」

「何かやる前に見つけ出したいんだ。こっちへ来なかったかね？」

「見ませんでしたよ」

と、山口は、あっさりいってから、

「煙草持っていませんか？」

「君は、煙草を吸うんだったね」

「酒も飲みますよ」

クッ、クッと、山口は、甲高い声をあげて笑った。

十津川は、苦笑して、煙草を与え、火をつけてやってから、他所《ほか》を探すことにした。そのあとを、山口が追いかけて来て、

「また、誰か殺されたんですか？」

「なぜ、そう思うんだね？」

「なぜって、警部さんが、いやに真剣な顔で、歩き回っているからですよ」

「殺人事件が起きては困ると思っているだけだよ」

十津川は、堅い表情でいった。

これ以上、事件が起きて欲しくない。その前に、犯人を見つけ、佐々木にも、犯人に対して、納得のいく反論をさせてやりたかった。そうすれば、佐々木も、船を呼んで、ここから、みんなを出してくれるだろう。

二人が、反対側に近い海岸まで歩いて来た時、松林の中に、浜野や、安藤つねたちが集っているのを見つけた。

他の者の姿もあった。佐々木も、「ロマンス」のマダムも、小林啓作もいる。

十津川は、ほッとすると同時に、集っている彼等の間に、ただならぬ空気が漂っているのを感じた。それに、千田美知子の姿が見えないのも気になって、急に駈け出した。

彼等は、松林の中で、小さな人垣を作っていた。

その人垣の中に、一人の女が、仰向けに横たわっていた。千田美知子だった。どうしたんだ？　と、聞くまでもなかった。ひと目見ただけで、彼女が死んでいることがわかったからである。

第六章　再　開

1

十津川は、長い刑事生活で、死体かどうかは、直感的に判断できるようになっていたが、それでも、念のために、千田美知子の傍に屈み込み、まず脈をみ、それから、心臓のあたりに耳を当てた。

完全にこと切れている。

後頭部が、ざくろのように割れて、血がどろどろと流れていた。その上、頸《くび》には、女物の細い革ベルトが、しっかりと巻きついている。

犯人は、何かわからないが、鈍器で、千田美知子の後頭部を殴りつけたのだ。美知子は、その一撃で死んだのかも知れない。即死ではなくても、気を失ったまま血を流し続けて、死んでいったに違いない。それなのに、犯人は、念を入れて、気絶している美知子の頸を、彼女のベルトで、絞めたのだ。

革ベルトは、犯人の強い意志を示すように、千田美知子の皮膚に食い込んでいる。これは、犯人の憎悪を示しているのだろうか。革ベルトを取ると、のどの皮膚が、べろりと剝がれて来そうな気さえする。

十津川は、死体の傍に屈み込んだまま、人垣を作っている六人の顔を見回した。

「誰が、彼女を殺したんだ？」

イエスの返事がないことはわかっていても、警視庁捜査一課の刑事である自分がいながら、第二の犠牲者を出してしまった自責の念から、そんな愚問を発してしまった。

もちろん、誰も返事をしなかった。重い沈黙だけが、はね返って来た。

「じゃあ、発見者は誰だね？」

「私だ」

と、答えたのは、佐々木だった。

十津川は、小さな溜息をついた。

「あなたか。なぜ、私の傍を離れたんだね？」

「心配だったのだ。それで分かれて探せば、新しい犠牲者を出さずにすむかも知れないと思って」

「探すって、いったい何を探すつもりだったんだね？」

十津川は、不機嫌にいった。この老人は、せっかく、こちらが守ってやろうとしているのに、なぜ、自分から疑惑を招くような行動をとるのだろうか。

しかも、よりによって、死体の発見者になるなんて。いったい、どういう気なのか。

「それは、つまり――」

と、佐々木は、口ごもって、

「なんといったらいいのか、自分でもよくわからないのだが、殺意の芽とでもいったらいいのか。岡村さんを殺した犯人が誰かわかっていたら、その犯人を探すところだが」

「そして、ここへ来て、殺されている千田美知子を発見したというわけかね？」

「そうだ」

「そのあとは？」

「一瞬、どうしようかと思ったよ。ここには、一一〇番したくても電話がないからね。刑事のあなたに、まず知らせなければと思った時、みんながやって来たんだ」

「警部さん」

浜野が、眼を三角にして、十津川を睨んだ。

「なぜ、この爺さんを捕えておいてくれなかったんです？　おかげで、二人目の犠牲者が出てしまったじゃありませんか」

「まるで、この佐々木さんが犯人のような口ぶりだねえ」

十津川は、皮肉な眼つきになって、浜野を見た。

「ようなじゃなくて、その爺さんが犯人ですよ」

と、浜野も、強気でいった。

「彼が犯人だという証拠でもあるのかね？　彼が、千田美知子を殺すところを見たのかね？」

十津川は、意地悪く質問した。

浜野は、案の定、一瞬、当惑した表情を作ったが、

「証拠はありませんが、われわれの中で、岡村さんや、千田美知子さんを殺す動機を持っているのは、その爺さんだけですからね。嘘だと思うのなら、一人一人に聞いてごらんなさい」

「いいだろう。聞いてみよう。まず、君からだ。君に動機がないと、なぜ、いい切れるのかね？」

「僕は、一年前の事件の時、たまたま、現場に車で通りがかって、殺人をカメラに納めたんです。その時でさえ、僕は、岡村さんも、千田美知子さんも知らなかったんで

す。初めて、二人に会ったのは、事件の目撃者として警察に呼ばれた時ですよ。そこでと、裁判の法廷とでです。そして、また、昨日まで、二人には、全く会っていないんです。その法廷でだって、僕と二人の意見は食い違っていなかった。つまり、僕には、二人を殺す動機は、全くなかったんです」

「君は、どうだね？」

十津川は、視線を、山口に移した。

「僕も同じだな。千田美知子さんとは、同じ町内に住んでいるから、二、三度は顔を合わせてるかも知れないけど、話をしたことは、一度もありませんでしたよ。岡村さんは、事件のとき、警察で会ったのが、完全な初対面です。そんな具合だから、二人を好きでも嫌いでもありませんでした。だから、僕が殺す筈はありませんよ」

山口は、甲高い声でいった。

「私も同様だ」

と、いったのは、小林啓作だった。

「私は、よく『ロマンス』に飲みに来ていたけど、あの町で、他に行かなかったから、千田美知子さんも知らなかったし、岡村さんも知りませんでしたよ。二人に初めて会ったのは、あの事件のあと、警察でです。その時だって、裁判の時だって、この二人と親しく話したという記憶はないね。動機なしだ」

「あなたも、同じですか？」

十津川は三根ふみ子を見た。

彼女は、蒼白い顔で、横たわっている死体を、ちらりと見てから、

「同じですわ。千田美知子さんが同じ町内に住んでいらっしゃるなんて、警察で初めてお会いして、知ったくらいですものね。岡村さんも、うちへ飲みに来て下さっていれば知っていたでしょうけど、一度もいらっしゃいませんでしたからねえ」

「事件で警察に呼ばれて、二人に初めて会ったということですか？」

「ええ。二人について、ほとんど何も知らないんですから、殺す筈がないでしょう？」

彼女は、微笑しながらいった。

十津川は、最後に、安藤つねに眼をやった。

つねは、気の強い老婆らしく、平気で、千田美知子の遺体を見つめていたが、顔をあげて、

「あたしも、お二人には、事件のあと、警察に呼ばれて、そこで初めて会ったんですよ。だから、あたしには、殺す理由がありませんよ。それ以上いう必要もないと思いますけどねえ」

五人の主張には、それぞれ、真実性が感じられた。

殺すような動機を持っていないというのは、多分本当ではないか、と、十津川は思った。

2

事件が起きて、二人には初めて警察で会ったという四人の主張は、恐らく事実だろう。

浜野が、偶然、事件の夜、あの街を通りがかったというのにも、嘘はなさそうだし、他の三人のいい方にも、嘘はなさそうだと、十津川は、思う。

十津川は、この島で、初めて七人の証人たちが顔を合わせた時のことを思い出してみた。

誰もが、不当に連れて来られたことに腹を立ててはいたが、七人の中の誰かが、他の誰かを憎んでいるという気配は、全く感じられなかった。彼等が共通して憎んでいる人物がいたとしたら、それは、彼等をこの孤島に連れて来て猟銃で脅し、一年前の事件をほじくり返そうとする佐々木一人の筈だ。

佐々木が、なぶり殺しにでもされたのなら、十津川は迷わず、七人全員を逮捕しただろう。だが、殺されたのは、岡村精一であり、二人目は、千田美知子である。

佐々木が犯人でないとしたら、なぜ、犯人は、憎んでもいない二人を殺したりしたのだろうか。そこがわからないのだ。

もう一つ、十津川には、疑問があった。ジャックナイフのことである。犯人は、凶器に使う気で「ロマンス」のカウンターの下から、ナイフを盗み、どこかに隠したと考えたし、その考えは、今でも変っていない。それなのに、なぜ犯人は、突然、気が変ったのだろうか？

ジャックナイフを盗んだ人間と、千田美知子を殺した犯人とは別人なのだろうか。それとも、犯人は、三人目、四人目と、まだ殺して行くつもりで、その際の凶器に、ナイフは使う気なのか。

「ねえ警部さん。このままじゃあ、あたしたちは、皆殺しにされちまいますよ。どうにかして下さいな」

と、安藤つねが、蒼い顔で、十津川をなじった。

彼女のいいたいことは、もう聞かなくてもわかっている。他の四人の考えもだ。だが、もし、佐々木が犯人でなかった時、彼を拘束することは、何の解決にもならない。

十津川が黙っていると、浜野が、怒りの声をあげた。

「何をためらっているんです？　警部さん。あなたが、その殺人鬼を拘束してくれないのなら、僕たちがどうにかしますよ」

「どうにかするって、どうする気だね？」

十津川は立ち上り、浜野の方に、まっすぐ身体を向けてきいた。

「三人目の犠牲者を出さないようにするんですよ」

「私刑か？」

「仕方がないでしょう。しかし、殺しはしません。ちょっと痛い目にあわせて、二人を殺したことを白状させるだけですよ。白状したら、縛りあげて、ここを出るまで拘束しておくんです。まさか、それもいけないっていうんじゃないでしょうね？　われわれの生命がかかってるんですよ」

「暴力はいかん」

「殺人は暴力じゃないんですかね？」

「彼が犯人と、決ったわけじゃない」

「だから、われわれが白状させるといってるじゃありませんか。そいつを、われわれに引き渡して下さい」

「痛めつけたって、何の解決にもならんよ。それに、君たちの中に、犯人がいるとしたら、暴力で間違った結論を出してしまうことになるじゃないか」

「われわれの中に、犯人がですって？」

浜野は、自分のまわりにいる他の四人の顔を見渡してから、

「この中の誰が、岡村さんと千田美知子さんを殺す必要があるっていうんですか？　誰一人、動機を持ってる者はありませんよ。それに比べて、そこの爺さんは、誰が見たってはっきりした動機を持っているんだ。それは、警部さん。あなただって、よくわかっている筈ですよ」

「私も、この人の意見に賛成だ」

と、いったのは、小林啓作だった。

「あなたまで、私刑に賛成なさるんですか？　思慮のある年齢なのに」

十津川が、じろりと睨むと、小林は、一瞬、眼を伏せたが、

「浜野さんもいうように、われわれは、殺そうといってるんじゃない。二人も殺した殺人鬼だから、殺したってあき足らんが、それじゃあ、相手と同じことをすることになる。だから、われわれは、精一杯の譲歩をしているんです。絶対に殺しはしません。だから、その男を、われわれに渡して下さい」

「われわれというが、他の三人も、同じ意見なのかね？」

十津川は、二人の女と、山口の顔を、一人一人、見ていった。

「あたしは、賛成しましたよ」

と、すぐ返事をしたのは、安藤つねだった。

「あたしも、死にたくありませんからねえ。このままじゃあ、殺されるのを待ってるみたいなもんだしね」

「僕も賛成ですよ」と、山口も、ちらりと浜野に眼をやった。

「そこにいる爺さん以外に、犯人は考えられませんからね。多少手荒くしたって、僕は構わないと思います。相手は、なんといったって、人殺しなんだから」

「あなたもですか？」

十津川は「ロマンス」のマダムを見た。

一人でも反対してくれたら、五人の足並みが乱れる筈だと、そこに期待したのだが、彼女は、眼を伏せて、「困ったわ」と、十津川にいった。

「あたしは、手荒なことは嫌ですけど、このまま、殺されるのを待っているのは、もっと嫌だし――」

「つまり、他の四人に賛成だということでしょうか？」

「ええ。仕方なくですけど――」

「早く、その男を、われわれに引き渡してくれませんか」

浜野がいらいらした声でいった。その眼が、殺気だっていた。

十津川は、一歩退がって、五人の男女を見渡した。

浜野は、中肉中背で、がっしりしているが、身体の構えから見て、柔道や空手をやっているようには見えない。ボクシングの経験もありそうにない。

山口は、ひょろっと背が高いが、身体つきはまだ子供だ。

あとの三人は、水商売の女と、老婆と、定年を迎えた初老の、それも、さして力のなさそうな男だ。

これなら、力で対決しても、なんとか佐々木を守ることは可能だろうと、十津川は計算した。警察学校時代に、柔道で優勝したことがあったし、今でも、腕力には、自信がある。

だが、力ずくの対決は避けたかった。浜野たちを傷つけたくなかったし、佐々木もである。

「あなたを拘束しなければならん」

と、十津川は、佐々木にいった。

3

佐々木の陽焼けした顔が、小さくゆがんだ。

「あんたも、彼等の味方をするのかね？」

「いや」

「じゃあ、なぜ、私を拘束するのかね？」

「あなた自身のためにだよ。佐々木さん。私の言葉を守って、私と一緒にいてくれたら、こんなことをしなくてすんだのに、あなたが、勝手に一人で行動したものだから、私が、現状では、あなたを擁護できなくなってしまった。それを考えて、多少の不便は、我慢して下さらなきゃ困る」

「拘束するって、どうするのかね？」

「彼等が安心するようにしなければならん。手を背後《うしろ》に回して貰いたい」

「縛るのかね？」

「そうだ」

「私には、まだしなければならないことがあるんだ。縛られたら、それが出来なくなる。人殺しなんかじゃない」

「わかっているよ。息子さんの裁判に対する反論の続きだね？」

「わかっていて、私を縛るのかね？」

佐々木は、不満をあらわに見せて、十津川を見つめた。

「他に方法があるかね。私刑になるよりはいい筈だ。それに、あなたが反論の続きをしたい時は、私が手助けすることは約束する」

「私が、ノーといったら？」

「私は責任を持てなくなる。多分、力ずくということで、彼等と喧嘩になるだろうね。両方が傷つき、あなたの反論など、全く意味がなくなってしまうと思うね。それでもいいのなら、私は何もしないよ」

「――――」

佐々木は、黙って、しばらくの間、じっと考え込んでいたが、やがて、肩を落とすと、

「わかった」

と、十津川にいった。

「だが、私の弁論の続きに力を貸してくれるというのは、信じていいんだろうね？」

「私は、約束は守りますよ。あなたが、たとえ約束を破っても、私は守る。刑事としてだ」

「じゃあ、縛ってくれ」

佐々木は、背中に手を回した。

「誰かロープは？」

と、十津川は、五人の証人たちを見た。

「僕の部屋に、縄飛びに使うロープがある筈です。僕の部屋そっくりになっていれば

ですが」

と、山口がいい、すぐ、駈け出して行った。
十五、六分して、山口は、長さ五、六メートルのロープを持って戻って来た。
十津川は、それを使って、佐々木の両手首を、きっちりと縛りあげた。

「これで満足かね？」

と、十津川は、浜野を見た。浜野は、佐々木の背後に回って、縛り具合を詳細に点検してから、

「一応、これで安心はしますがね。二人を殺したことを、白状させないんですか？」

「私は、まだ、彼を犯人だとは思っていないのでね」

十津川は、いくらか突っけんどんにいい返した。

「それなら、せめて、船をここへ呼んで、あたしたちを帰してくれるように、いって下さいな」

安藤つねが、また、鼠のような眼で、十津川を見た。

「今日は、もう駄目ですよ」

と、十津川が答えるより先に、佐々木が、安藤つねに向って、きっぱりといった。

「なぜ、今日はもう駄目なんだ？」

浜野が、背後から、佐々木の肩の辺りを小突いた。その腕を、十津川がつかんで止

めさせた。

「時間が過ぎてしまった」

と、佐々木がいった。

「前にもいった通り、午前七時に、船がこの島に近づいたが、私は、仕事が残っていたので、合図を送らなかった。だから、船はそのまま帰ってしまった。明日も、また同じ時刻に、私がチャーターしておいた船がやってくる。それまでに、全てが解決していれば、私は合図を送る。そうすれば、全員が帰れる」

後手に縛られていながら、佐々木は、逞しい胸をそらすようにして、五人の証人たちにいった。

「その合図は？」

「教えられない。殺されてもだ」

「結局、その人は、何とかかんとかいいながら、あたしたちを、この島に閉じ籠めておく気なんだ」

安藤つねが、金切り声をあげた。

「きっとそうだ。あたしたちを帰す気なんか、初めから、これっぽっちもないんだ。明日も、この島に閉じ籠められたら、あたしは、気が変になっちまう」

「私の仕事が終ったら、皆さんを帰しますよ。それは約束する」

「それは、いつ終るの？」

「皆さんが協力してくれさえすれば、今日中には、終る筈だ」

「例の反論の続きをやって、あんたの獄死した息子が、無実だったなんて結論は、絶対に出て来やしないよ」

浜野が、また、佐々木を小突きそうになったので、十津川が、二人の間に身体を入れるようにした。

佐々木は、ゆっくりと、五人の顔を見回して、

「前にもいった通り、死んだ息子に不利な結論が出たとしても、私は、それはそれでいいと思っている。ただ、中途半端では困るのだ。それでは、獄死した息子が浮ばれない」

「あなたが満足したら、僕たちは、ここから帰れるんだね？」

山口がきいた。

「それは約束していい」

「じゃあ、すぐ始めてくれよ。何から始めるんだい？」

山口は、気ぜわしくいった。この若者は、事件の重大さなどには、全く無関心で、早く家に帰ることだけを考えているように、十津川には見えた。二人の男女が殺されたことにもあまりショックを受けていないようだ。これが、現代の青年らしさという

ものだろうか。

「始めるんじゃなくて、再開するんだ」

と、佐々木がいった。

「そのために、もう一度、街へ戻って貰わなきゃならない」

「無駄なことだと思うがね」

浜野が、肩をすくめていう。

「可哀そうなこの遺体を、このままにしておくんですか？」

三根ふみ子が、非難するように、佐々木を見、十津川を見た。

4

陽が、死体に当っていた。

無残な死顔が、そのために、一層、無残に見えた。

かあッと見開いていた両眼は、十津川が閉じてやったが、それでも、硬直した全身が、殺されたことへの無念さを示している。

十津川は、苦心して、頸に巻きついている革ベルトを外してやった。外した後は、真っ赤に脹《ふく》れあがり、ところどころ内出血している。それは、犯人が、どんなに強く絞めあげたかを示していた。

「すぐには、腐敗は始まらない筈だ」

と、十津川は、誰にともなくいった。

「今日中に全てが解決して、明日船に乗れたら、この遺体も、岡村精一の遺体と一緒に、船に乗せることにしよう」

「それまで、ここに野ざらしにしておくんですか？」

ふみ子が、相変らず、非難する口調でいった。

「残念だが、ここに置いておくより仕方がないでしょう。埋葬したら、船に乗せるとき、また、掘り起こさなければなりませんからね」

「でも、このままじゃあ」

「どこかに、遺体にかぶせる毛布か何かないのかな？」

十津川が、佐々木を見ると、佐々木は、後手に縛られた不自由な恰好で、千田美知子の死体をのぞき込んでから、

「彼女と岡村精一の乗っていた車のトランクに、ビニールのシートが入っている筈だ」

「僕が取って来ます」

山口が、駈け出して行った。

彼は、すぐ、青色のシートを持って戻って来た。

そのシートが、遺体の上にかぶせられた。

「それにしても、無残な殺し方だ」

と、佐々木が呟いた。

「なぜ、そう思うのかね？」

十津川は、わかっていて、わざときいてみた。佐々木は、顔をあげて、十津川を見た。

「私だったら、後頭部を殴打したあとで、頸までは絞めないよ。最初の一撃で、もう死んでいた筈だからね」

「じゃあ、犯人は、なぜ、頸まで絞めたと思うね？」

「さあ。それほど、犯人が、彼女を憎んでいたということなのか――」

「憎しみが強かったのなら、頸など絞めずに、顔を砕いたと思うがね。そうでなければ、ナイフで、全身をめった切りにするとか」

「そうですな。そう考えてくると、私にもわからなくなってくる」

「何を、二人だけで、内緒話してるんですよ」

と、安藤つねが、棘のある言葉を投げつけてきた。

「あたしは、さっさとすませて、明日は、この島から出られるようにして貰いたいんですけどねえ」

「それでは、街へ引き返しましょう」

と、十津川はいった。

5

七人は、また、造られた街に戻った。

昼の明るさの中で見る街は、どこか芝居の書き割りのように見えた。

十津川は、佐々木の肩を叩いた。

「手のロープは解いてあげられないが、あなたの好きなように、反論なさい。あとに悔いが残らないように」

「ありがとう」

佐々木は、軽く頭を下げてから、胸を張って、車道の真ん中に立った。

「これから、一年前の事件の、もっとも大きな問題点に触れてみたい」

「ちょっと待ってくれよ。その前に、決定的な瞬間を写した僕の写真に対して、どう反論するのか聞かせて貰いたいな」

と、浜野が、佐々木にいった。

「あの写真については、後で反論する」

「なぜ、今、反論できないんだ？」

「それは、他の重大な問題を片付けてから、君の写真に触れた方が、わかりやすいからだよ」

「苦しいいいわけだな。僕の写真は、動かしようがないんだ。反論の余地がないんだ。反論できないのなら、正直に尻尾を巻いて見せたらいいじゃないか。そうしてくれれば、無駄なことに時間をかけずにすむからね」

浜野が、顔を赧くして佐々木に嚙みつくのを、十津川は、「やめたまえ」と、止めた。

「いいか。彼に反論の続きをさせると、全員で約束したんだ。その代りに、私が、彼を縛った。何かいいたいことがあったら、彼の反論が終ってからにしたまえ」

十津川が、語気鋭くいうと、浜野は、黙ってしまった。

佐々木は、小さく咳払いをして、呼吸を整えてから、

「では、一年前の事件で、最大の問題点を指摘してみたいと思う。あなた方七人の証言で、私の一人息子は、あっさり有罪になってしまった。そのためだと思うのだが、裁判で、なぜか、弁護側も検事側も触れなかった疑問点がある。それは、事件の夜、被害者のとった行動だ」

「どう疑問なのかね？」

と、十津川がきいた。

「被害者の名前は、木下誠一郎。三十七歳。太陽物産の課長だ。あの夜、木下誠一郎は、タクシーでやって来て、『ロマンス』のネオンを見て、立ち寄った。マダムは、そう証言している」

「ええ」と、ふみ子が肯いた。

「お客さんが、そうおっしゃったんですよ。丁度、酒が飲みたかったんだ、タクシーを止めさせて、寄ってみたんだって」

「初めてのお客だったんだね？」

「ええ」

「ところで」

と、佐々木は、視線を、車道に戻して、

「木下誠一郎の会社も、自宅も、同じ方向にあった。これは、警察の調書や、事件を報じた新聞に、はっきりと出ているから、嘘だと思う人は、『ロマンス』の店内に置いておいた一年前の新聞を見て欲しい」

「確かに、同じ方向にある」

と、十津川がいった。

「だから、どうなんだ？」

と、浜野。

佐々木は、交叉点の方を、あごでしゃくって、

「被害者の会社と自宅は、そっちの方角にある。つまり、彼が、会社から来たにしろ、自宅から来たにしろ、そっちの方角から、タクシーでやって来たことになる。そして、交叉点を越えたところで『ロマンス』のネオンを見て、タクシーを止め、飲みに入ったということだ」

「それが、どう重大なのかね？」

十津川は、車道や、歩道を見回しながら、佐々木にきいた。

佐々木は、「ロマンス」と反対側の歩道へ歩いて行った。

「つまり、被害者は、こちら側でタクシーをおり、車道を横断して、『ロマンス』に入ったというわけですよ。警部さん。ところが、不思議なことに、飲んでから、帰るために『ロマンス』を出た被害者は、こちら側の歩道で殺されていたんだ」

「なるほどね。被害者は、帰るのにタクシーを使うのなら、こちら側へ渡る必要はなかったということだね。店を出たところで、タクシーを拾えばいいのに、なぜ、反対側に渡ったのか？」

「その通り。そのことに、裁判は、全く触れていないのだ」

「それは、犯人が、あんたの息子に間違いないから、余計なところには触れなかったんだよ。きっと」

浜野が、肩をすくめた。

佐々木は、反対をせず、「そうかも知れない」と、肯いた。

「だが、私は、問題にしたいのだ。なぜ、被害者は、『ロマンス』を出たところでタクシーを拾わず、反対側に渡ったのかということをね」

「いくつかの理由が考えられるな」

と、十津川がいった。

「自宅へ帰らず、反対の方向に、知人なり、友人なりの家があって、そこへ行くために、車道を渡って、向う側でタクシーを拾おうと思ったのかも知れない」

「それは、私も考えたよ。それで、私は、ここに来る前、被害者の交友関係や、知人、親戚を、片っ端から調べてみた」

「それで？」

「結果は、ノーだ。自宅と反対方向には、親戚も知人もいない。それに、被害者は、愛妻家で通っていて、今まで、家をあけたことがなかったといわれている。とすれば、自宅に帰る気で、『ロマンス』を出た筈なのだ。それなら、店を出たところで、タクシーを拾えばいいわけだ」

「犯人が、ナイフで脅して、反対側の歩道へ連れて行ったというのはどうです？　そうは考えられませんか？」

　と、十津川はきいた。

　十津川は、佐々木の提出した疑問に興味を感じ始めていた。確かに、なぜ、バーと反対側の歩道で殺されていたかという点は、盲点だった。ただ、それが、事件全体にどう関係してくるのかは、まだわからない。

「それも考えたよ」

　と、佐々木は、落着いた声でいった。

「しかし、違いますな。『ロマンス』のマダムと、そこに客で来ていた小林啓作さんの証言を思い出して下さい。二人の証言によれば、被害者が店を出たのは午前零時近くで、そのあとに、私の息子が、すごい勢いで飛び出して行ったことになっている。更に、千田美知子さんの証言を思い出して頂きたい。千田美知子さんの証言によれば、零時五分過ぎ頃、男が、一人で、車道を横断して行くのを見たというのだ。二人一緒には見ていないのだ。そのすぐ後で、殺人が行われたことは、はっきりしている。つまり、被害者は、なぜか、反対側の歩道に渡っており、あとから、犯人が、車道を渡って、そこへ行ったことになるのだ」

「じゃあ、あなたは、なぜ被害者が、反対側の歩道へ渡ったと思うのかね？」

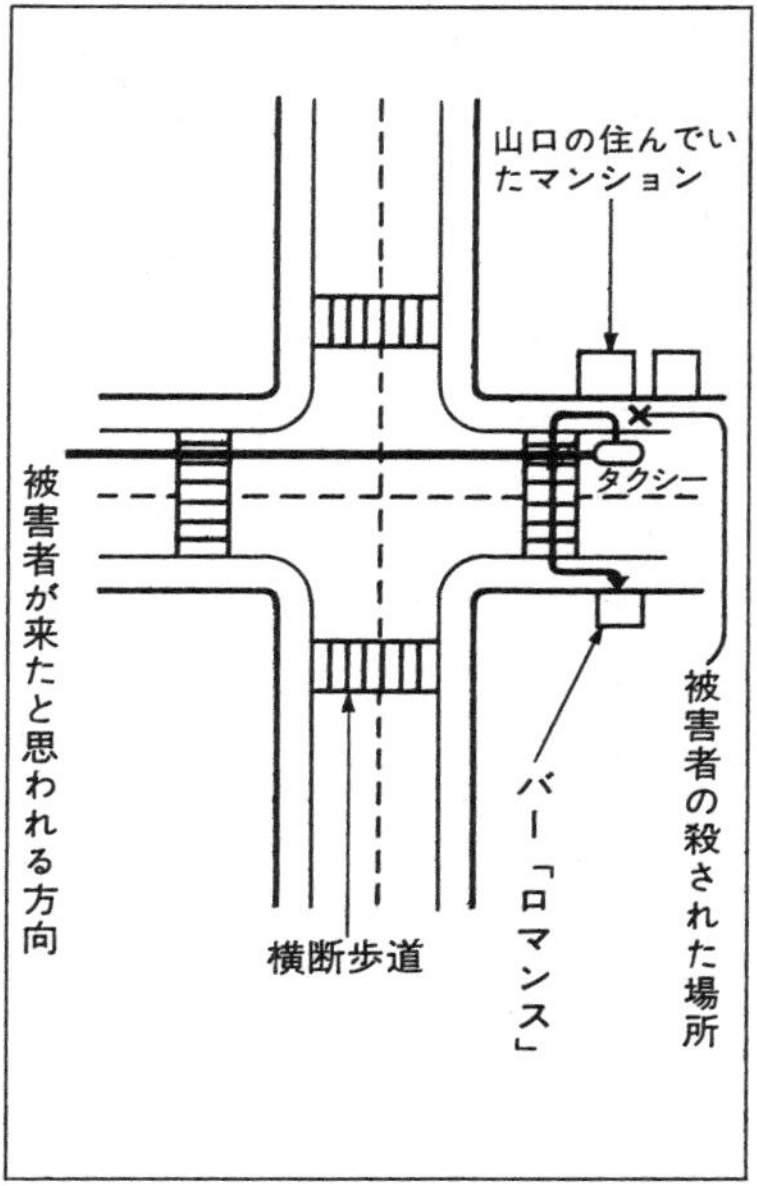
山口の住んでいたマンション
タクシー
被害者が来たと思われる方向
横断歩道
バー「ロマンス」
被害者の殺された場所

十津川が、佐々木にきいた。こんな疑問を提出する以上、この老人なりの答えを持っているに違いないと思った。

だが、佐々木が答えるよりも先に、浜野が、

「そんなこと、どうだっていいじゃないか」

と、いきり立って、怒鳴った。

「いいかい。警部さん。被害者は、『ロマンス』を出て、反対側の歩道へ渡ったのだ。理由はどうであれ、渡ったのは事実なんだ。そして、ここで——」

と、浜野は、被害者が死体で横たわっていた場所へ歩いて行き、そこを、指さした。

「ここで、その爺さんの一人息子の佐伯信夫に、ジャックナイフで、刺し殺されたんだ。刺し殺された瞬間を、僕は、カメラにおさめた。これは、動かしようのない厳然たる事実なんだ。これが、一年前の殺人事件の全てですよ。それ以外の細かいことを、いろいろとほじくり返したって、意味がないでしょう。違いますか？」

「何をそんなに興奮してるのかね？」

十津川は、冷ややかに浜野を見た。

「別に興奮なんかしていませんよ。ただ、詰らない詮索は、時間の無駄だといっているだけです」

「そうは見えないねえ。何か詮索されると困ることがあるのかね？」

「馬鹿な。そんなことがある筈がないじゃありませんか」

浜野は、顔を赧くした。

十津川は、ゆっくり煙草に火をつけた。

「それなら構わんだろう。明朝、船がやって来るまでには、十分時間がある。事件の細かいことを、いろいろと検討してみるのも、悪いことじゃないと思うがね」

「しかしですね。警部――」

浜野が、なおも、何かいいかけるのへ、十津川は、ぴしゃりと、

「これ以上邪魔をすると、事件での君の証言に、何か嘘があったと考えるよ」

「冗談じゃない」

「じゃあ、黙っていたまえ」

浜野は、黙ってしまった。

十津川は、他の四人の顔を見回した。

「何か異議がありますか？」

四人は、顔を見合せていたが、その中から、小林啓作が、遠慮がちに、

「別に異議はありませんが、被害者が、事件の夜、店を出たあと、反対側の歩道に渡った理由が、事件に関係があるとお考えですか？」

「正直にいって、わかりませんね。関係があるかも知れないし、ないかも知れない。だが、裁判が触れなかった点であることだけは、事実です。だから、検討してみるのは面白いと思うんですよ」

十津川は、そう小林に返事をしてから、佐々木に向き直って、

「始めて下さい」

と、いった。

6

「私の解釈を話そう」

と、佐々木は、自信のある語調でいい、みんなの顔を眺めた。

「私は、本物そっくりのこの街を造りながら、その理由を考えてみた。その結果、一つの結論に達したのだ。多分、間違いないだろうという結論だよ」

「どんな結論かね？」

「被害者は、十二時少し前に、『ロマンス』を出た。愛妻家で、結婚以来、一回も外泊したことのない被害者だ。この時間なら当然、まっすぐ自宅に帰る筈だ。とすれば、店を出たところで、タクシーを待つべきなのに、なぜ、反対側へ行ったのか。い

ろいろと考えた末、一つの答えを見つけたのだ。それは、尿意だ」

「何だって？」

「小便、おしっこだよ。『ロマンス』を出て、タクシーを待っていた被害者は、急に、尿意をもよおしたのだ。普通なら『ロマンス』に戻って、トイレを借りるんだろうが、店には、喧嘩した私の息子がいる。多分、また口論にでもなってはと思ったのだろうな。それで、店には戻らず、反対側の歩道へ渡ったのだ」

「反対側に、別に公衆便所は見当らないがね？」

「この辺りには、公衆便所はない。しかし、事件のあった時が、真夜中の午前零時頃だったということを思い出して頂きたい。そんな夜更けに、酔った人間が尿意をもよおした時、まず考えるのは、どこか適当な場所で、立小便をということだよ？　違うかね？」

「ああ、そんなところだろうね」

と、十津川は微笑した。刑事の十津川だが、それでも、酔った時、立小便をしたことがある。

佐々木は、十津川の同意に力を得たように、眼を光らせて、

「被害者は適当な場所を探したのだ。そして見つけたのが、ここだ」

佐々木は、山口の住んでいるマンションの建物と、隣りの建物との間の細い路地に

入って行った。

幅二メートル弱の路地だった。

「今は昼間で、かなり明るいが、夜中の零時なら、かなり薄暗かった筈だ。それに、ここを出たところの街灯は、故障で点《つ》かなかった。それも、頭の中で考慮に入れて、周囲を見回して欲しい。この路地以上に、立小便に適した場所が、他にあるかね？」

佐々木の言葉に、全員が、歩道から周囲を見回した。

「ないようだね」

と、十津川が肯いた。確かに、夜、立小便をする気なら、十津川でも、この路地に入って来るだろう。

「私は、こう考えた」と、佐々木は、言葉を続けた。

「被害者は、ここに来て、立小便をした。犯人は、そっと、その背後に近づき、被害者が小便をし終って、チャックをあげかけたところを、背後からナイフで突き刺したのだと」

「ほう。そいつは面白い考えだ」

十津川は、腕を組み、微笑しながら、路地を見回した。その後、佐々木に向って、

「すると、あなたは、被害者は、ここで刺されたあと、歩道まで歩いて行って、そこで倒れたというのだね？」

「そうだ。多分、必死で助けを求めて、明るい方に向ってよろめいて行き、歩道に出たところで、力つきて倒れたんだと、私は考えたのだ」

「しかしねえ」

と、浜野が、マンションの壁に背中をもたせて、白い眼で佐々木を見た。

「もし、あんたのいう通り、ここで刺されたのなら、路地にも血痕があった筈だ。しかし、警察は、路地から血痕を発見したとはいってなかったぜ」

「ナイフで刺した場合、必ず血が飛び散るとは限らんのだよ。私は、ブラジルで、気の荒い牛飼い同士が、ナイフで喧嘩するのを見た。片方が、ナイフで胸を刺して殺してしまったんだが、その時も、血はほとんど流れ出なかった。突き刺さったナイフが、栓の役目をしてしまったからだ。一年前の事件の時も、被害者は、ナイフを背中に刺したまま、路地から歩道まで歩いたので、血は流れ出なかったと、私は考える。被害者は、歩道へ出たところで、俯伏せに倒れた。血が流れ出たのは、ナイフを抜き取ったあとだよ。栓がなくなったので、どっと血が流れ出たんだ」

「私も質問していいかな？」

小林啓作が、遠慮がちに口を開いた。この定年のサラリーマンは、いつも、遠慮がちに発言する。

「何だね？」

と、佐々木がきいた。

小林は、もそもそと煙草を取り出して口にくわえ、ライターで火をつけてから、

「あんたの推理は、なかなか面白いが、推理は、あくまでも推理にしか過ぎん。被害者が、立小便をするために、この路地に入ったことを、どうやって証明するのかね？」

「私も、自分の推理の正しさを証明できるものがないかと、いろいろ調べてみた。そして見つけたのだ。警察の調書には、被害者の状態を克明に記した箇所がある。その中に、こういう文章があるんだよ。『――被害者のズボンのチャックは、半分ほど開いており――』これを、警察は、被害者が『ロマンス』でかなり飲んでいて、酔っていたので、自然に、開いてしまったのだろうと考えたらしい。まあ、電車の中なんかで、酔っ払いが、ズボンのチャックを開いたまま、だらしなく眠りこけていることがあるから、そんな風に考えたんだろうが、被害者に限っては間違っていると思う。被害者は泥酔していたとは考えられない。違いますか？　マダム」

佐々木は、「ロマンス」のマダムの顔を見た。彼女はいきなり声をかけられて、一瞬、びっくりした顔になってから、

「ええ。泥酔という感じじゃありませんでしたねえ。かなりしっかりした足取りで、お帰りになりましたもの」

「ありがとう。マダム」

と、佐々木は、彼女に礼をいった。

「もう一つ、被害者の背広は、三ヵ月前に新調したばかりだということも、私は、調べてきた。つまり、チャックがバカになって、自然に開いてしまうということは、あり得ないということです。三ヵ月ぐらいでは、チャックはバカにならないからです。以上の二つから、被害者は、この路地で、立小便をし、それが終って、チャックを途中まで閉めかけた時、背後に忍び寄った犯人が、いきなり、ナイフで突き刺したのですよ。もっとも無防備な状態の時、犯人は、被害者を刺したといってもいい。これなら、誰でも、刺し殺すことが出来る」

「ナンセンスだな」

と、冷たくいったのは、浜野だった。

佐々木が、きっとした視線を、浜野に向けた。

「どこがナンセンスだというんだ？　君は」

「あんたの推理は、なかなか面白いと思うよ。かなり説得力もある。僕だって、酔っ払って、暗い路地で、よく立小便をすることがあるからね」

「単なる推理じゃない。事実だ」

「それはどうかな。裏付けといえば、被害者のチャックが、半分開いていたということと、背広が三ヵ月前に新調したのだという二点だけなんだから」

「被害者の背広を仕立てたのは、赤坂のSという店だ。私は、いろいろな人に聞いてみたが、この店は、良心的で、丁寧な仕立てをするので有名だということだった。三ヵ月くらいで、チャックが自然に開いてしまうようなことはないといっている」

「それでも、弱いことに変りはないさ。被害者が、この路地で立小便をしているのを見たという目撃者がいれば別だが」

「目撃者はいる」

「誰が？」

「犯人だ。犯人が、それを目撃している筈なのだ」

第七章　疑　惑

1

　一瞬、奇妙な沈黙が、狭い路地を支配した。

　だが、その沈黙も、すぐ、浜野の甲高い笑い声で破られた。

「こいつはお笑いだ。よく考えてみれば、犯人というのは、あんたの息子のことじゃないか。あんたの息子は、法廷で、被害者が、この路地で立小便をしてるのを見たなんて、一言もいわなかったぞ」

「そうだ。私の息子は、いわなかった。見ていなかったからだ。つまり、犯人ではないということだ」

「馬鹿馬鹿しい。仮説で仮説を証明しているだけじゃないか。被害者は、路地で立小便をしたに違いないという仮説、それを犯人が目撃したに違いないという仮説。仮説を二つ合わせたって、あんたの息子が無実だという証明にはならないんだぜ」

「まあ、待ちたまえ」

十津川は、手をあげて、浜野を制して、

「ともかく、佐々木さんの話を、もう少し聞いてみようじゃないか。君のいうように、今の段階では、確かに仮説に過ぎないが、興味のある仮説だからだよ」

「ありがとう」

と、佐々木は、軽く、十津川に向って頭を下げた。

「礼はいいから、話を続けてくれないか」

「私は、最初、裁判記録を読んだとき、絶望に襲われた。私の息子にとって、有利な材料は皆無に見えたからだよ。七人もの証人が、息子が犯人だと指摘していたし、決定的な瞬間の写真まで揃っていた。その上、息子は、当時、住所不定で、強盗の前科があって、怒りっぽい性格だった。これでは、裁判官が、有罪の判決を下したのも無理はないと思ったくらいだ。私にとって、唯一の救いといえば、息子が、終始無実を叫び続けていたということだけだった。私は、息子の弁護に当ってくれた弁護士にも会い、裁判記録も読んだ。裁判記録は、何度読み返したかわからない。どこかにスキ間がないかと、そればかりを考えて読んだのだが、なかなか見つからなかった。やっと見つけたのが、この路地のことなのだ。なぜ、反対側の歩道で死んでいたのか。その疑問が、私に、ほのかな希望を与えてくれたのだ。その疑問を考えていく中に、被害者は、この路地で立小便をしていて、そこを、犯人に背後から刺されたのではないかと考えたのだ。この推理に、私が拘わる理由は、警部さんには、よくおわかりになる筈だ。もし、私の推理が正しくて、被害者が、歩道上ではなく、この路地で刺されたのなら、息子が無実だという可能性が強くなるからだよ。なぜなら、検事は、起訴状の中で『被告人は、マンション前の歩道上で、被害者を背後よりジャックナイフで刺殺し――』と書いているからだよ」

佐々木の顔は紅潮し、眼は、キラキラ光っていた。

十津川は、微笑を消した難しい顔で、「確かに、あなたのいう通りかも知れない」と、佐々木にいった。

「あなたのいう通り、もし、被害者が、この路地で殺されたのなら、あなたの息子に、無実の可能性は出てくる。しかし、あなたにも、よくわかっている筈だ。あなたの推理は、いぜんとして、仮説の域を出ないし、仮説の域を出ない以上、無実の証拠にはならないということだ」

「わかっているよ。しかし、これが、私と息子にとって、唯一の突破口であることも事実なんだ。部厚い裁判記録のどこを読んでも、他に突破口はなかった。だから、私は、この小さな疑問に、必死で取り組んだ。確かに、今のところは、仮説でしかないかも知れん。しかし、私は、この仮説に賭けているんだ」

「しかし、二人の証人の証言は、どうするのかね？」

と、十津川は、慎重に、佐々木にいった。

「証言？」

「山口博之と、浜野カメラマンの証言だよ。あなたは、昨日、山口少年の法廷での証言の誤りを、見事に指摘した。テレビの一件は、なかなか見事なものだと、感嘆したよ。あの結果、山口博之は、あなたの息子さんが、被害者を刺すところを目撃したのではないことは認めた。しかし、被害者が、ここに――」

と、十津川は、歩道に描かれたチョークの人形《ひとがた》を指さして、

「刺されて倒れており、その傍に、あなたの息子さんが屈み込んでいたこと、次に、あわてて、安藤果実店の方向に逃げて行ったことの二つは、訂正していないんですよ。この証言に反論できるかね？　もう一人の証人、浜野カメラマンの撮った決定的な瞬間の写真については、どう反論する積りだね？　写真の現場が、そこの薄暗い路地でなく、歩道であることは、はっきりしているよ。それに、私はあまり写真に詳しくないが、合成写真にも思えない」

「わかっているよ。その一つ一つについて検討し直してみたいと、私は思っている。上手く反論できれば、被害者が、路地で小便をしていたとき、し終って、ズボンのチ

ャックをあげているところを、背後から刺されたという私の推理に、警部さんも賛成してくれるかね？」

「全面的に賛成できるかどうか、その場になってみなければわからないが、事実である可能性が強くなるだろうことは認めるよ」

「ありがとう。やはり、冷静な第三者として、あなたに来て貰っていて良かった」

「私は、無理に連れて来られたんだよ。それをお忘れなく」

十津川は、苦笑して見せた。

佐々木は、後手に縛られたまま、街灯の柱にもたれてから、山口博之に向って、

「まず、君の証言から再検討してみよう」

「またかい――」

山口は、ふてくされたように、足でマンションの壁を蹴った。

「確かに僕は、法廷で嘘をいった。いや、嘘をいったというのは正確じゃない。本当のことを喋るとき、余分なことを付け加えたというのが正確なんだ。大事な点で、僕は、嘘をついてないんだから」

「テレビの中のセリフと、現実の殺人事件を混同するのが、単なる余分なことかねえ？」

佐々木が、皮肉な眼で、山口を見ると、彼の顔が赤くなった。

「その点は、昨日、訂正したじゃないですか」

「じゃあ、君の正しい証言について、もう一度、検討してみようじゃないか。まず、最初からだ。君は、零時から始まった『刑事ジャクソン』の再放送を見ていた。そして、零時十五分に、CMが入ったところで、気分直しに椅子から立ち上り、窓を開けて外を見た――？」

「ああ、そうだよ」

「それで、その時目撃したことは？」

「昨日いったのと同じだよ。何気なく、歩道を見下したら、そこのチョークのところに、人が倒れていて、その傍に、犯人、つまり、あなたの息子が、屈んでたんだ。ナイフを手に持ってさ」

「そして、君と眼があったら、あわてて、安藤果実店の方へ、逃げて行った？」

「ああ、その通りさ」

「君が見た時、私の息子が、ナイフを手に持っていたというが、本当かね？」

「本当だよ。僕は、犯人がナイフを持っているのを見てるんだ。刃に血がついているのも、ちゃんと覚えてるよ。眼は、両方とも、一・五だ」

「私の息子は右利きだが、当然、その時も、血のついたナイフは、右手に持っていたんだろうね？」

「うん。右手に持っていた」

「君を見て、びっくりして、あわてて、安藤果実店の方向へ走って逃げたというが、当然、その時も、血のついたジャックナイフは、右手に持って走ったんだろうね？」

「ああ」

「ところで、お婆さん」

と、佐々木は、急に視線を、安藤つねに向けた。

2

安藤つねが、びっくりした顔で「えッ」と、いった。

「あたしに、何か用ですか？」

「あんたは、私の息子が、いきなり飛び込んで来て、脅したと、法廷で証言した」

「その通りだから、その通り証言したんですよ。それからねえ。昨日、あんたは、あたしが店の売り上げを犯人に脅し取られたのは嘘だといったけど、本当なんだ。あんたの息子が、六千円の売り上げを奪ってったんですよ」

「その点は、昨日、あり得ないと、私が証明して見せた筈だ」

「いいえ。奪《と》られたっていったら、奪られたんですよ」

安藤つねは、強情にいい張った。十津川が見ても、どうも、彼女の主張には、真実性が欠けていたが、佐々木は、

「では、その点は、また検討するとして、今は、先に進みたい」

「先って、何だい？」

安藤つねの眼が、また、鼠のような、不安気な眼になった。

佐々木は、小さく咳払いをしてから、

「あんたは、法廷の証言でも、昨日の話でも、私の息子が店に飛び込んで来たとき、ジャックナイフを手に持っていたとはいっていない。その点を確認したいんだが、手に持っていなかったんだね？」

「―――――」

安藤つねは、落着きのない眼で、佐々木を見、十津川を見、それから、山口博之を見た。

「どうなんだね？　大事なことだから、はっきり返事をして貰いたいんだよ。店に飛び込んで来た時、息子は、手にナイフを持っていなかったんだろう？」

「さあ――」

「さあ？」

「山口さんは、ナイフを持って、あたしの家に向って犯人が逃げたといってるし

――」

「私は、あんたの証言を聞きたいんだ」

佐々木の声が、大きくなった。

安藤つねは、両手をこすり合わせた。

「だからさ。ひょっとすると、犯人は、ナイフを持ってたかも知れない――」

「大事なことなんだから、曖昧では困るんだがね。昨日、あんたは、私の息子が、いきなり、リンゴを二つポケットに放り込んだんで、代金を払ってくれといってやったといった。法廷でも、そう証言している」

「ええ。いってやりましたとも。ただで、あんな大きなリンゴを、二つも奪られちゃあ、たまりませんからね」

「相手が、血のべっとりついたジャックナイフを突きつけてるのに、よくそんなセリフがいえたねえ？」

佐々木の言葉に、安藤つねは、また、黙ってしまった。

黙って、口惜しそうに、佐々木を睨んでいる。

「だから」と、佐々木はいった。

「あんたは、やはり、その晩、私の息子が殺人犯などとは、全然、考えていなかったんだ。つまり、血のついたナイフなど、手に持っていなかったということだ」

「――――」

「もう一つ、その時、息子がナイフを手にしていなかったと考えられる理由がある。それは、リンゴだ。大きなリンゴは、息子が着ていたジャンパーのポケットには、一つしか入らない。となると、二つのリンゴは、左右のポケットに一つずつ入れたことになる。しかし、息子は、右手にナイフを持っていた。左手で、リンゴを取り、右のポケットに入れるのは、身体を無理にひねらなければならない。それなのに、あんたは、息子が、いとも簡単に、リンゴ二つを、ポケットに放り込んだと証言した。ということは、息子は、その時、手ぶらだったということじゃないかね。両手でリンゴを二つつかみ、それを、両方のポケットに入れた。違うかね？」

「――――」

安藤つねは、また、返事をしなかった。が、今度は、佐々木を睨む代りに、下を向いてしまった。

佐々木は、視線を山口に戻した。

「さて、また君だ。君は、私の息子が、血のついたジャックナイフを右手につかんだまま、安藤果実店の方向に、逃げたと証言した。走ってだ」

「ああ」

「ところが、安藤果実店に飛び込んだとき、息子は、ジャックナイフを持っていなかった。この食い違いは、どういうことだろうね？」

佐々木は、じっと、山口を見つめた。

十津川は、昨日と同じように、佐々木が、なかなか、いいところを突くのに感心した。

しかし、果してそれが、佐々木の息子の無実の証明になるかという点では疑問だった。何か、事件の本筋とは関係のないところで、必死に反論しているような気がしてならなかったからである。

山口は、顔をしかめ、長髪の頭をがりがり掻いていたが、

「そりゃあ、きっと、安藤果実店に着くまでに、ナイフを処分したんだよ」

といった。

「処分？」

「投げ捨てたのさ。駈けながら投げ捨てたんだ。午前零時を過ぎて暗かったから、誰も気がつかなかったんだろう」

「残念だが違うね。凶器のナイフは、全く別のところから発見されたからだ」

「じゃあ、逃げながら、ポケットにしまったのさ。あんなものを手に持ってたら、犯人でございって、看板を背負っているみたいなもんだからね」

「まあ、考えられるのは、そういうことだがね」

「そうに決ってるよ」

　と、山口が、ほっとした顔で肯くと、佐々木は、

「しかしねえ」

　と、言葉を続けた。

「君の証言によれば、私の息子は、君を見て、あわてて逃げ出したことになる。それも走ってだ。安藤つねさんも、店に飛び込んで来たと証言している。つまり、私の息子は、この車道を、斜めに突っ走って、安藤果実店に飛び込んだことになる。君は、それを窓から見ていたのかね？」

「いや。ぱッと逃げたんで、すぐ、一一〇番したんだ。その時には、見てないよ」

「そこをはっきりして欲しい。裁判記録によれば、君の証言は、確かこうなっていた。窓の下を見下して、犯人、君のいう犯人というのは私の息子のことだが、その犯人と眼が合ったとたん、犯人は、安藤果実店の方向に逃げ出したので、すぐ一一〇番した。こうだね？」

「ああ。その辺は、絶対に嘘はついてないよ。僕と顔を合わせて、犯人が逃げ出したのは本当だし、すぐ一一〇番したのも本当だよ」

「別に嘘だとはいってない。細かい点を確認したいんだよ」

「なぜだい？　細かいことなんか、どうだっていいじゃないか」

山口は、怒ったような声でいった。不誠実という感じではなかった。ただ、今の若者らしく、面倒くさいことは嫌だという感じだった。

「そうはいかないのだ」

佐々木は、厳しい声でいった。

「私にとっても、獄死した息子にとっても、細かいことの真実も、重大になってくるかも知れないからだ。だから、君に協力して貰いたい。一年前のことを、よく思い出して、答えて貰いたいのだ。窓から見下した君の視線と、私の息子の視線が合った。とたんに、息子が逃げ出した。君は、このあと、すぐ一一〇番したというが、すぐというのは、どのくらい後《あと》のことかね？」

「そりゃあ、すぐだよ。犯人が逃げ出してすぐさ」

「あいまいだな。もう少し、その辺を細かく考えてみようじゃないか。君は、三階の窓から、私の息子が逃げ出すのを見た。その時、君は、息子が、どこへ逃げるのか、じっと見守っていたんじゃないのかね？　一一〇番したのは、その後じゃないのかな？」

「それがどうしたというんだ？」と、山口は、首をかしげて、佐々木を見た。

「たいして違わないじゃないか。車道を走って渡れば、五、六秒なんだ。犯人が渡ったのを見送ってから一一〇番したって、その前に一一〇番したって、五、六秒の違いしかないんだぜ。それを、なぜそう細かく問題にするんだい？」

「じゃあ、君は、私の息子が、車道を渡って、安藤果実店に飛び込むのを見てから、一一〇番したんだね？」

「なぜ、そう思うんだ？」

山口は、口をとがらせている。

佐々木は、微笑した。

「ちょっとした心理学だよ。人間というやつは、気がかりな場面にぶつかった場合、その結果が気になって、なかなか眼をそらせられないものだ。君は、私の息子が逃げ出すのを見た。きっと、どこへ逃げるかに興味を持った筈だよ。違うかね？」

「そりゃあねえ」

「とすれば、その行先を確かめずに一一〇番したということは考えられない。人間の心理として、いかにも不自然だからね。もう一つ、君は、証言の中で、単に、私の息子が『驚いて逃げた』のではなく、『安藤果実店に向って逃げ去った』といっている。『車道を反対側へ逃げ去った』でもない。しかし、逃げたとたんに、眼をそらせて一一〇番したのなら『安藤果実店に向って——』とはいえなかった筈なのだ。どうだね？」

「わかったよ。爺さん」

山口は、大きな溜息をついてから、

「僕は、犯人が、車道を渡って、安藤果実店に飛び込むのを見てから一一〇番したんだ。どこへ逃げたか知っとかないと、警察が困ると思ったからさ。当然のことじゃないかい？」

「その通り、当然のことだよ。ところで、私の息子だが、ゆっくり、車道を渡って行ったのかね？」

佐々木がきくと、山口は、かぶりを強く横に振って、

「殺人犯なんだぜ。ものすごい勢いで、突っ走って行ったさ。あっという間に、果実店に飛び込んじまったよ」

「つまり、全力疾走ということだね？」

「ああ、そうさ。僕も走ることにはかなり自信があるけど、あの時の犯人は、早かったねえ」

「間違いないね？　ものすごい勢いで走って行き、安藤果実店に飛び込んだというのは？」

「ああ、間違いないとも」

「とすると、少しおかしいことになりはしないかな？」

3

山口は、両足をふん張るような恰好で、佐々木を睨んだ。

「いったい、どこがおかしいっていうんだ？」

だが、佐々木は、相変らず落着き払って、

「いいかね。君は、私の息子が、右手に血のついたジャックナイフを持っていて、あわてて逃げる時も、そのまま持っていたと証言しているんだよ」

「ああ。それがどうかしたの？」

何が疑問なのか、まだわからないという顔で、山口は、頭をガリガリかいた。

佐々木は、小さな子供にでも話しかけるように、

「いいかね。君」と、いった。

「安藤果実店に飛び込んだ時、息子は、右手にナイフは持っていなかったんだ。このことは、さっき、安藤つねさんが、証言してくれている。ところが、君は、息子が走り出した時、右手にナイフを持っていたという。おかしくはないかね？」

「別におかしくはないさ。途中で、ナイフをポケットにしまったんじゃないかな」

「ジャックナイフだよ」

「わかってるさ。二つに折れば、鞘《さや》に納まるようになってるじゃないか。だから、犯人は、ジャックナイフをたたんで、ポケットに入れてから、安藤果実店に入って行ったんだ。それで、どこもおかしいところはないじゃないか」

「しかし、君は、私の息子が、ものすごい勢いで走って行ったと証言したんだよ。全力疾走で、安藤果実店に走り込んだとね。そんなに、全速力で走りながら、ジャックナイフを折りたためるものかねえ？　しかも走った距離は、せいぜい三、四十メートルしかなく、時間にして、四、五秒のものだ。可能だと思うかね？」

「やってみなきゃわからないよ」

「じゃあ、実験してみよう」

「でも、肝心のナイフは、誰かが隠しちまったんだろう？」

「残念だが、その通りで、ナイフはない。だから、別のもので代用するより仕方がないんだが――」

佐々木は、後手のまま、周囲を見回した。なんで代用したらいいか、ちょっと思いつかないという様子だった。

十津川が、助け舟を出した。

「松の小枝を利用したらどうだろう？」

と、彼は、佐々木に向っていった。

「松の枝？」

「そうだ。ジャックナイフと同じ長さの枝を使う。それを手に持って走り、二つに折ってポケットに入れる。それで、ナイフをたたんでポケットに入れる代りになるんじゃないかな。重さは大分違うが」

「なるほど」

と、佐々木が肯くのを見てから、十津川は、ひとりで「街」を出て行き、ジャックナイフと同じ長さの松の枝を何本か折り取って戻って来た。

十津川は、それを、山口に渡した。

山口は、一瞬、鼻白んで、

「僕がやるんですか？」

と、きいた。十津川は、微笑して、

「他にいないじゃないか。それに、君は、走ることは、自信があるといった筈だ。この人形《ひとがた》が描いてあるところから、安藤果実店まで、その枝を右手に持って突っ走るんだ。そして、走りながら、二つに折って、ポケットに入れてみたまえ」

「そんなの無理ですよ」

山口は、尻込みした。

「しかし、君は、犯人が全速力で走りながら、血のついたジャックナイフを折りたたんで、ポケットに入れたに違いないと証言しているんだ。そう証言した以上、君は、それを証明して見せる義務がある」

十津川に強くいわれて、山口は、しぶしぶ、歩道に立った。

息を吸い込んでから、安藤果実店に向って駈け出した。

だが、小枝を両手で持ったとたんに、足がふらついてしまった。駈けていたのが、歩くスピードになり、それでも、やっとのことで、両手に持った小枝を二つに折って、ポケットに入れた。

「それじゃ駄目だ」と、十津川が、大声で怒鳴った。

「一目散に走りながら、小枝を二つに折るんだ」

「無理ですよ。小枝に注意がいったとたんに、走れなくなるんです。枝を折りながら走るなんて無理ですよ」

「もう一度、やってみたまえ」

十津川は、もう一本、小枝を取り出して、戻って来た山口に渡した。

山口は、文句をいいながらもう一度、挑戦した。

しかし、走りながら、小枝を折ろうとすると、走る力が鈍ってしまうのだ。

折った小枝を、道路に投げつけて戻って来る山口に、十津川が、

「もう一度、試してみるかね？」

「沢山ですよ。走りながら折るなんて、出来る筈がないじゃありませんか」

「しかしね。こんな小枝を折る方が、ジャックナイフをたたむことより、はるかに易しい筈だよ。ナイフの場合は、自分の手を切る心配もあるし、血がべっとりついていれば、ぬるぬるとしていて、たたみにくかった筈だからね。君は、犯人がそれを、全速力で走りながらやったと証言したんだ」

「警部さんは、向うの味方なんですか？」

「ただ事実を知りたいだけだ。もう一度、実験してみてくれ。君が成功すれば、君の証言が正しかったことになる」

十津川は、強引に、山口の手に、また、松の小枝を押しつけた。

山口は、今度は、必死の形相で駈け出した。駈けながら、両手を前に突き出し、小枝を折ろうとした。

しかし、その瞬間、足がどうしても止まってしまうのだ。止まらないまでも、遅くなってしまう。

「僕がやってみる」

と、今度は、山口に代って、浜野が試験台になった。

横で見ていると、簡単に出来るように思えたらしかったが、いざ、小枝を持って駈け出すと、山口と同じように、折る時には、極端にスピードが落ちてしまった。

浜野は、腹立たしげに、小枝を投げると、

「両方同時なんて無理なんだ。駈けるか、枝を折るか、一つずつしか出来ないようになっているんだ」

「その通りだよ」

と、いったのは、佐々木だった。

佐々木は、山口を見て、

「君は、まだ、私の息子が、血のついたジャックナイフを右手に持って、逃げて行き、安藤果実店に飛び込んだと主張する積りかね？」

「――」

山口は、黙って、顔を赤くしている。

「どうだね？」

と、佐々木に念を押されると、ふくれっ面で、

「わかったよ」

と、いった。

「どうわかったのかね？」

「犯人は、ジャックナイフを、走りながらたためなかったことは認めるよ」

「それはつまり、君を見て逃げ出す時には、ナイフは、すでにポケットにしまわれて

いたということだね？」

「ああ、そう思うよ。右手に持っていると思ったのは、僕の錯覚だったんだ。それでいいんだろう？」

「じゃあ、もう一度、正確にいって貰おうか。君の証言は、こうなるんだね。事件の夜、君は、テレビの深夜番組『刑事ジャクソン』の再放送を見ていた。午前零時十五分、テレビにＣＭが入ったので、一息つこうとして、窓を開けて、外を見た。すると、窓の下の歩道に、被害者が俯伏せに倒れ、その傍に私の息子が屈み込んでいた。ジャックナイフは、すでにポケットにしまわれていた。君と視線が合うと、息子はあわてて逃げた。全速力で車道を駈け渡り、斜め向いの安藤果実店に飛び込んだ。君は、それを見定めてから一一〇番した。どうだね？　これでいいかね？」

佐々木は、くどいくらいに念を押した。

山口は、怒ったような声で「ああ、いいよ」と肯いてから、

「さっきと、大して違ってないじゃないか？」

と、変な顔をした。

「逃げる時、右手にジャックナイフを持っているのと、ポケットにしまってるのと、どう違うんだ？　身につけてるってことじゃあ同じじゃないか？」

確かに、山口のいう通りだった。凶器を身につけていたかいなかったかということ

なら、大変な違いになるだろう。しかし、ポケットにしまっていたのと、右手に持っていたのと、どこが、どう違うのだろうか？

十津川も、不審な気がして、佐々木を見守った。

佐々木は、ニッコリと笑って、山口を見た。

「君にとっては、大した違いはないだろうが、これが、浜野カメラマンの証言と、大いに関係してくるんだよ」

4

佐々木の言葉に、浜野が、挑戦的な眼で、彼を見た。

「僕の証言と、どう関係してくるんだい？　何がどう変ったって、この決定的な写真は、どうしようもないよ」

浜野は、大きなパネルに貼った写真を、指先で、得意気に叩いてみせた。

そんな浜野に向って、佐々木は「私はね」と、落着いた声でいった。

「決定的な写真なんて、認めないんだ」

「何だって？　もう一度いってみろ！」

浜野が、血相を変えて、怒鳴った。

「何度でもいう。私は、決定的な瞬間などという写真の存在を認めないんだ。わかったかね？」

佐々木の声は、あくまで落着いていたが、話し方は、明らかに挑戦的だった。

「カメラマンに対する暴言だ。それに、写真は、多くの裁判で、証拠として使われているんだ。現に、僕のこの写真だって、あの事件の有力な証拠になっているんだ」

「知っているよ。私の息子にとっても、裁判の正義という点から見ても、悲しいことだと思っているよ」

「どういうことだ？　それは」

「人間は、写真は、正確に事実を写すものだという先入観を持っている。恐らく、裁判官も、同じ先入観を持っていたのだろう。だから、君の自慢のその写真を、少しも疑わずに、証拠として採用してしまったのだ」

「じゃあ、あんたは、僕の撮ったこの写真は、インチキだというのか？」

カメラマンとしての誇りが傷つけられたと思ったのか、浜野は、眼を三角にして、佐々木に嚙みついた。

「ネガを見ればわかるが、ぜんぜん、細工なんかしてないんだ。二重露出なんかでもない。僕は、神に誓っていうが、この写真は、事実ありのままを撮ったんだ。今でも、僕は、はっきり覚えてる。丁度、あそこへ車で通りがかった時、あんたの息子が、被害者を刺すところを見たんだ。あわてて車を止めて、カメラを向けてシャッターを切った。それが、この写真なんだ」

「私は、別に、それが嘘だとはいっていないよ」

佐々木は、落着いた声でいった。

「じゃあ、どこに文句があるんだ？」

「それは、あとでいうとして、その前に、確認しておきたいことがある」

「なんだい？」

「君は、あそこに車を止めて、決定的瞬間と称する写真を撮った」

「称するじゃない。決定的瞬間の写真なんだ」

「今は、それでもいい。とするとだね。君は、当然、この写真を撮った後も、犯人の様子を見ていた筈だが？」

「もちろん、見ていたさ」

何をわかり切ったことを聞くのかという顔で、浜野は、佐々木を睨んだ。

「では、写真を撮ったあとのことを話して貰おうかな。君は、車で通りがかって、偶然、犯行を目撃して写真を撮った。その時、君は、あの位置に、車を止めていたわけだね？」

佐々木は、両手を背後で縛られているので、車道に止まっているホンダシビックを、顎でしゃくるようにした。

「ああ」と、浜野が肯いた。

「どうなるのか確かめたかったから、しばらく、あそこに車を止めて、見ていたよ。誰だって、そうする筈だろう」

「君は、裁判では、写真を撮ったあとのことは、何も証言していないが、確かに見ていたわけだね？」

「きかれなかったから、証言しなかっただけさ。だが、今もいったように、見ていたよ。裁判できかれなかったのは、そこにいる山口君や、安藤つねさんの証言とダブるからだと思うね。事実、僕が見たのも、さっき、山口君がいったことと同じだからね」

「それは、つまり、私の息子が、死体の傍を離れて、走って車道を横断し、安藤果実店に飛び込むのを目撃したということだね」

「飛び込むというより、逃げ込むという感じだったね。それから、そのあとのことも見ているよ。犯人は、また、そこの安藤果実店から出て来て、向うの闇の中に逃げ去った。それから五分ばかりして、パトカーが駈けつけたんだ。あと五分早くパトカーが来ていたら、あの時点で、犯人は逮捕されていた筈だよ」

「じゃあ、息子が、安藤果実店に飛び込んだところを話して貰おうかな」

「逃げ込んだんだよ」

と、浜野は、いい張った。

「それに、なぜ、写真のことを問題にしないで、そのあとのことにばかり拘わるんだ？　僕の撮ったこの決定的な瞬間の写真には文句がつけられないので、他の詰らないことを突ついているのかい？　そうなら、大笑いだ」

「写真については、あとで言及するといった筈だよ。先へ進もう。君も、山口君が見たと同じ光景を見たわけだね？」

「そりゃあ見たさ。犯人は、僕の車の前を、全速力で横切って行ったんだから」

「それは写真に撮らなかったのかね？」

「撮ろうと思ったよ。何度もいうけど、僕はカメラマンだからね。それも、報道カメラマンなんだ。撮ろうと思うのが当然じゃないか。ところが、あんまり早く、車の前を走り過ぎたんで、うまく撮れなかっただけだよ。撮ったことは撮ったんだが、全部、ピンボケさ。だから発表しなかったんだ」

「すると、写真家の眼で、しっかり見ていたと考えていいんだね？」

「いいとも」

「ではきくが、私の息子は、君の車の前を横切る時、ジャックナイフを手に持っていたかね？　それとも、ジャンパーのポケットにしまっていたかね？」

「それは、もう、ポケットにしまっていたことになったんじゃないの？　あんたが、強引に、ナイフを手に持ってなかったことにしちゃったたじゃないの」

「私は、君の意見を聞きたいんだよ。君は、自分の車の前を走り抜けた息子を見ていたといった。それなら山口君や、安藤つねさん以上に、はっきり見えた筈だ。君が見た息子は、手にナイフを持って走ったのかね？」

佐々木の質問に、浜野は、当惑した眼になった。

どう答えたらいいのか、迷っているように見えた。事実が一つしかないのに迷っているのは、浜野自身、自信がないのだと、脇から見ていて、十津川は考えた。

もし、山口の証言が、訂正されずに生きていたら、浜野は、躊躇《ためら》わずに、犯人は、ナイフを持って走ったといったろう。多分、今日まで、浜野は、そう信じていたに違いない。

その確信が、今ぐらついてしまったのだ。佐々木の巧妙な反論で、山口は、証言を変えてしまった。それで、浜野は、自分の考えに自信が持てなくなってしまったに違いない。

別ないい方をすれば、浜野の確信が、その程度の頼りないものだったということでもある。

十津川が、浜野の答え方を、興味を持って見守っていると、彼は、しきりに、口の

中で何か呟いていたが、

「山口君が、手に持ってなかったといっているんだから、ポケットに入れていたんだろう」

と、面倒くさそうにいった。

「だろうでは困るね」

佐々木は、あくまで冷静に問い詰めていく。

浜野の顔が、赤くなった。

「じゃあ、どういえばいいんだ？」

「君が見た通りをいってくれればいいんだ。カメラマンの君は、はっきり見ていたといった筈だよ」

「わかったよ。走っている時、犯人は、手にナイフを持ってなかった。これでいいんだろう？」

「結構だ。それを続けてみようじゃないか」

「続けるって、何とだ？」

「君の例の写真とだよ」

5

佐々木は、言葉を切り、思案するように、自由になる足で、地面を蹴った。

「君は――」

と、佐々木は、また、浜野を見て、

「写真を撮ったあとも、ずっと、私の息子を見ていた筈だ。その時点から、息子が、君の車の前を走り抜けるまでを、続けて話して貰いたいんだよ。続けるといったのは、その意味だ」

「僕が、この写真を撮ったあと、犯人は、しばらく死体の傍に屈み込んで何かしていた。その時、あのマンションの三階から山口君が窓を開けて見下したんだ。それで、犯人は、あわてて逃げ出した」

「君が写真を撮ったのを、私の息子は気がつかなかったのかね？」

「と思うね。僕は、フラッシュを焚《た》かなかったからね。ＡＳＡ二〇〇〇という超高感度のフィルムで撮ったんだ」

「なるほどね。君は、私の息子が、死体の傍に屈み込んで何かしていたといった。それは、息子が、財布を抜き取っていたんだ。前にもいった通り、息子は、それを認めている。ところで、その時だが、息子は、ナイフを、ポケットにしまっていたかね？」

「財布を奪っていたんなら、ナイフは邪魔だから、たたんで、ポケットにしまっていた筈だよ」

「だろうとか、筈だというのは困るね。はっきり、見たままを話して貰いたいね」

「いちいち、うるさい男だな」

浜野が舌打ちすると、佐々木は、厳しい顔で、彼を睨んで、

「うるさいとはなんだね。君たちの証言で、私の息子は殺人犯にされて投獄され、無実を叫びながら獄死したんだ。それなのに、君の証言は、そんなにいい加減なものだったのかね？」

と、語気鋭くいった。

浜野が鼻白んだのは、佐々木の言葉が正しかったからだろう。

「犯人が、刺したあと、死体の横に屈んでしまったんで、よく見えなかったんだ」

浜野は、面倒くさそうにいった。

「それが事実なんだね？」

佐々木は、なおも、念を押した。

「ああ、そうだよ」

「そして、山口君が窓を開けてのぞいた時、息子は逃げ出した。その時、ジャックナイフは、すでに、折りたたんでポケットにしまってあったことは、君も認めた。とすると、連続して、その時の状況を考えると、こういうことになる。君が写真を撮ったあと、私の息子は、それに気付かず、ジャックナイフを折りたたんでジャンパーのポケットに入れ、死体の傍に屈み込み財布を盗んだ。その時、山口君が、マンションの三階から下をのぞき、息子は、あわてて、君の車の前を走り抜けて、安藤果実店に飛び込んだ。これでいいかね？　どこか間違っていたら、指摘してくれないかね」

「それでいいさ」

浜野は、怒ったような声でいってから、語調を変えて、

「しかし、あんたは、なぜ、そんなにナイフのことに拘わるんだ。山口君や、安藤つねさんとのやり取りを聞いていても、走る時、ナイフを手に持っていたか、たたんでジャンパーのポケットにしまっていたかということばかり気にしてるじゃないか。それが、どれだけ重要だというんだい？　あのナイフが、凶器だという事実に変りはないんだろう？」

「変りはない」

「あんたの息子が、あのナイフの持主だということも認めるんだろう？」

「ああ、認める」

「じゃあ、あんたのいうことには、意味がないよ。まさか、逃げる時、凶器のナイフを手に持っていたか、ポケットにしまっていたかで、有罪になったり、無罪になったりするわけじゃないだろう？」

浜野が、いい終ってニヤッと笑ったのは、そんな筈はないという確信があったからに違いない。

しかし、佐々木はニコリともしないで、

「それが、大いに関係があるんだよ」

「そんな馬鹿な。理由を聞かせてくれよ」

と、浜野が、息まいた。

十津川にも、佐々木のいう意味がよくわからなかった。人を刺殺したあとで、すぐ、そのナイフをポケットにしまったからといって、刺殺の事実が消えるわけではなかったからである。

「僕も、理由が聞きたいね」

十津川も、佐々木に声をかけた。

佐々木は、車のボンネットに、後手に縛られたまま、よいしょと、腰を下してから、

「これから、私は、君の（と、浜野を見て）あの写真に触れたい。その時、ナイフを

ポケットに入れていたかどうかが問題になるんだよ」

「どう問題になるんだ？」

「では、君が自慢する写真を検討してみようじゃないか」

「いいとも」

浜野は、問題のパネル写真を、みんなの前に置いた。

その写真は、犯人の佐伯信夫が、歩道に片膝をつき、両手で、ジャックナイフの柄を握りしめて顔の前あたりでかざしているものだった。佐伯の下には、被害者の木下誠一郎が長々と横たわっている。

「この写真でみるとよく、わかるんだが」

と、浜野は、みんなの顔を見回していった。

「犯人は、いきなり刺したんじゃなく、被害者の背後から突き倒し、倒れた被害者の背中に馬乗りになるような恰好で刺したんだよ。これでみても、犯人が、残忍な男だということがわかるね。だから僕は――」

「それが違うんだよ」

佐々木が、途中で、浜野の言葉を断ち切った。

「どう違うんだ？」

浜野が、佐々木を睨む。他の連中も、佐々木を見守っている。

佐々木は、また、車のボンネットから下りて、ぐるりと、みんなの顔を見回してから、浜野に向って、

「君の車には、君がいつも使っているのと同じカメラを入れておいた積りだが、そのカメラに間違いないかね？」

「ああ、同じニコンF2だ」

と、浜野は、ずっと、パチパチ写して来たカメラを、持ち上げて見せた。

「使い心地はどうかね？　巻きあげレバーが重いとか、シャッターが堅いとかいうことはないかね？　使い易いものをと選んで持って来たつもりなんだが」

「僕は、あんたは嫌いだが、このカメラは、なかなか使いいいよ。シャッターも軽い。上等だね」

「それはありがたい。君は、それと同じニコンF2で、あの夜、この決定的瞬間と自称する写真を撮ったわけだ。ところで、その時、フィルムは、これで終りだったのかね？」

「いや。まだ十五枚残っていたよ」

「そいつはおかしいねえ」

「どこがおかしいんだ？」

「いいかね。君が、新聞や雑誌に発表したり、証拠として裁判所が採用した写真が、

全く同じポーズのものばかりだということだよ。つまり、ネガは一枚しかないことになる。なぜ、まだフィルムが残っていたのに、続けて写さなかったのかね？　報道カメラマンとしては、不自然じゃないか？」

「何枚も撮ったよ」

「では、なぜ、その写真が、発表されなかったのかね？」

「さっきもいったじゃないか、車の前を駈け抜けていく犯人を撮ったんだが、上手くピントが合わなくて、発表できるような写真にならなかったんだ」

「私のいってるのは、そのことじゃない。君は、私の息子が、ナイフを振りかぶったところを撮った。次に息子は、ナイフで被害者の背中を突き刺し、続いて、抜き取って、ポケットにしまうという動作があった筈なのだ。その一連の、君の言葉を借りれば、決定的瞬間の連続を、どうして、写真に撮らなかったかといっているんだよ。この写真は、ピントも合っているし、シャッタースピードも、露出も適正だ。犯人、つまり私の息子は、同じ場所で動作していたのだから、そのまま、シャッターを押し続ければ、よかった筈だよ。それなのに、なぜ、これしか撮らなかったのかね？　刺した瞬間や、そのナイフを引き抜いている写真が、なぜ一枚もないのかね？」

「それはつまり――」

と、浜野は、赧くなって、口ごもってから、

「素早い動きだったから、撮る時間がなかったんだ。この写真を撮ってから、レバーを巻きあげている間に、惨劇が終ってしまったんだ」

「その言葉が本当かどうか、確かめてみようじゃないか」

「確かめるって、どうやって？」

「実験してみるのさ。この写真を撮ったときのシャッタースピードは？」

「開放で、三十分の一秒」

「じゃあ、それでやってみよう。君にやって貰いたいところだが、君は、当事者だ。自然に手心を加えないとも限らない。だから、他の人にやって貰いたいんだが——」

「私がやろう」

と、十津川が、佐々木に声をかけた。

佐々木は、十津川を見た。

「あなたにやって頂ければ、一番いいが、カメラの経験は？」

「プロのカメラマンには遠く及ばないだろうが、趣味で、よく撮っている。その方がいいんじゃないかな。浜野カメラマンより下手な者でも、何枚か撮れたとなれば、あなたの主張が正しいことになるわけだからね」

「なるほど。じゃあ、警部にやって頂きましょう。もう一人、私の息子の役が必要だ。それに被害者の役も。息子の役は、山口君にやって貰おう」

「また僕がやるんですか」

山口は、大げさに顔をしかめた。

「ああ、君にやって貰う。他に適当な人がいないからね。次は、被害者だが」

佐々木は、残りの三人の顔を見回してから、小林啓作に視線を当てた。

「あなたにやって貰いたい。男は、あなた一人しかいないのでね」

「私が――」

小林は、嫌な顔をした。

「死体の代りなんて、パッとしないし、薄気味が悪いね」

「まだ死体じゃないよ。浜野カメラマンの言葉に従えば、気絶して倒れている被害者だ」

「それにしても、あまり、気分のいいものじゃないな」

「やってくれるね？」

「他にいないんじゃやるより仕方がないだろう」

小林は、文句をいいながら、歩道の上に俯伏せに横たわった。

十津川は、浜野からカメラを貰い、シャッターの目盛りを三十分の一にセットした。

佐々木が、テレビドラマのディレクターよろしく、犯人役の山口に注文をつけた。

「まず、その写真と同じポーズをとって貰うんだが、ナイフはないから、代りに、紙を丸めて持って貰おうか」

「それも、僕がやるんですか？」

「やって貰いたいね。私は、このとおり、両手を縛られていて、何も出来ないからね」

「オーケイ。オーケイ」

山口は、ちょっと軽薄な調子で肯き、自分のマンションに入って、週刊誌を取ってくると、その頁を引き裂いて、ジャックナイフの大きさに丸めた。

それを両手で持って、俯伏せになっている小林啓作の上にまたがった時には、最初は嫌がっていたのに、山口は、結構、面白がっていた。

「あとは、警部さんに委《まか》せるよ」

と、佐々木は、十津川にいった。

十津川は、離れた場所で、カメラを構えた。

「山口君」

と、十津川は、ファインダーをのぞいたまま、山口に声をかけた。

「僕が、よしッといったら、その紙のナイフを振りおろし、一呼吸してから、引き抜くんだ」

「なぜ、一呼吸するんです？」

「君は、人を刺したことがあるかね？」

「そんなもん、ありませんよ」

山口は、大声で叫び返した。

十津川は、笑って、

「じゃあわかるまいが、人間の肉というやつは、かなり抵抗のあるものなんだ。ナイフで突き刺すにも、かなりの力が要るし、抜き取るときも、力が要る。だから、一呼吸おいて、実際の場合の時間に合わせるんだ。わかったかね？」

「一呼吸って、何秒なんです？」

「そうだな。刺してから、ゆっくり三つ数えて抜き取れ。そのくらいの時間はかかる筈だ」

「三つだね」

「そうだ」

十津川は、一回シャッターを押してから、

「よしッ」

と、山口に声をかけた。

山口が、紙を丸めたナイフを振りおろし、

「一、二、三」と、数えてから、抜き取った。

その間、十津川は、巻き取りレバーを動かし、シャッターを押した。

出来た回数は、三回。

①突き刺した瞬間
②突き刺したナイフを抜こうというところ
③抜き終ったところ

この三枚の写真が撮れたと思われた。プロのカメラマンがやれば、あと一枚くらいよけいに撮れるだろう。

「私の予想した通りだ」

と、佐々木は、満足そうに肯いた。

6

「さて」

佐々木は、じろりと浜野を見て、

「今の実験のように、君は、あと少くとも三枚の写真が撮れた筈なんだ。それも、君のいう決定的瞬間の写真がだよ。プロのカメラマンなら、絶対に逃がさない筈なのに、君は撮らなかった。おかしいじゃないか？　なぜ、撮らなかったのかね？」

「さあ、なぜかな」

浜野は、眼を伏せ、足で地面を蹴った。

「じゃあ、私が、その理由をいってやろうか」

佐々木が、浜野の顔を、まっすぐに見つめていった。

浜野は、黙っている。

佐々木は、小さく咳払いしてから、

「君は、撮らなかったんじゃなくて、撮れなかったんだ」

「――――」

「君は、さっき、こう証言した。この写真を撮ったあとも、ずっと、犯人の動きを注視していたとね。そして、こうもいった。この写真を撮ったあと、犯人は、死体の傍に屈み込んだんで、写真が撮れなくなったし、よく見えなくなったとね。しかし、この言葉には、肝心の点が抜けているんだ。今の実験でわかったような、少くとも三枚の写真が撮れるだけの時間がだ」

「確かに、その通りだ」

と、いったのは、十津川だった。

浜野は、十津川にもいわれたことで、蒼ざめた顔になり、自棄気味に、

「だから、どうだというんだい？」

と、佐々木を睨んだ。

佐々木の方は、逆に、一層、冷静な眼になっていった。

「君は、時間を抜かしていったんじゃないんだ。もともと、三枚の写真が撮れるだけの時間はなかったんだ。ということはだね。君の撮ったこの写真は、ナイフを振りかぶって、刺そうとしているところじゃなくて、刺さっていたナイフを抜き取ったところの写真なんだ。抜き取ったところだから、当然、君は、十津川警部が実験でやったような三枚の写真は撮れなかったのだ。次の瞬間、私の息子は、抜き取ったナイフをたたんでポケットにしまい、死体から財布を抜き取った。さっきの君の証言が、それを示している」

「――――」

「君も、この写真が、これからまさに刺そうとしているところではなく、刺さったナイフを抜き取ったところだということは、知っていた筈だ。違うかね？」

「確かに、抜き取ったところを撮ったのかも知れない。だからといって、あんたの息子が犯人じゃないということにはならないぜ」

「だが、この写真が、君のいうような決定的な意味を持たなくなったことだけは確かだよ。これは、みんなに聞いて貰いたいんだが、前に、私は、被害者は、マンションの横の細い、薄暗い路地で、立小便をしているところを、背後から刺されたに違いないといった。刺しておいて犯人は逃げ、刺された被害者は、穴に落ちた虫が明りを求めて這い出すように、歩道へよろめき出て、そこで、息絶えたのだ。自分のナイフが、殺人に使われたと知った私の息子は、あわてて死体からナイフを抜き取って、ポケットにしまったのだ。浜野カメラマンが、この写真を撮ったのは、その時だ」

「確かに、僕が写真に撮ったのは、刺そうとしている時ではなく、抜き取ったところだったと認めるよ。しかしね。だからといって、あんたの息子が、犯人じゃないという証明にはならないじゃないか。あんたの息子は、歩道で、被害者を刺し、抜き取ったのは、止《とど》めを刺そうとしたためかも知れない。いや、絶対にそうだと思うね。もう一度、刺そうとしたんだが、山口君が窓を開けたんで、あわてて、止めを刺さずに逃げ出したのさ」

「君が、そういうだろうことは、わかっていたよ」

佐々木は、微笑した。

「多分、他の人も、私の息子は、第二撃、第三撃を加えるために、刺したナイフを抜いたのかも知れないと思ったろうと思う。もし、そうなら、今、私がいった推理は、成立しなくなる。それが怖かったから、私はくどいくらいに、息子が、ナイフを手に持ったまま走ったか、ジャンパーのポケットにしまっていたかを確かめたのだ。その結果、息子は、ポケットにナイフをしまっていたことが確認された。しかも、逃げる時、ナイフがポケットにしまわれていたということは、その前に、すでに、しまっていたということだ。つまり、被害者の背中から抜き取ったあと、すぐ、たたんで、ポケットにしまったということだ。浜野カメラマンは、私の息子が、止めを刺すために抜き取ったのだといったが、そうでないことは、これでわかる筈だよ。止めを刺す人間が、そのナイフをポケットにしまう筈がないからね」

佐々木の言葉に、浜野も黙ってしまった。

十津川も、なるほどと思った。佐々木が、ナイフに拘わった理由が、やっとわかったからである。

佐々木は、満足そうに、自分で肯き、言葉を続けた。

「では、事件全体を通した私の推理を話そう。あの夜、被害者木下誠一郎は、バー『ロマンス』で飲んだあと、店を出た。その時点では、被害者は、すぐ家に帰るつもりだったと思う。ところが、タクシーを待つうちに尿意をもよおしてきた。そこで、向い側に薄暗い路地があるのを見て、車道を渡り、路地に入って、立小便をした。そこへ、真犯人が背後から近づき、被害者が終ってズボンのチャックをあげかけた、もて、ジャックナイフで突き刺した。突き刺しておいて、真犯人は逃げた。その頃、私の息子は、バー『ロマンス』にいたのだ。店を出た時、息子は、殺人が行われたことなど、全く知らなかった。息子は、ふらふらと、車道をわたり、向う側の歩道に行ったとき、倒れている被害者を見つけたのだ。被害者は、路地で刺され、歩道までよろめき出て来て、そこで絶命していた。息子は、死体と、背中に突き刺さっているナイフを見た。その瞬間、酔いはすっかり醒めてしまったに違いない。息子は、突き刺さっているジャックナイフが自分のものだと気がついた。あわてて、死体の上に屈み込み、ナイフを抜き取った。そこを、通りがかった浜野カメラマンに写真に撮られたのだ。それに気付かず、息子は、死体のポケットからはみ出している財布を盗った。山口君が、三階の窓を開けて、歩道を見下したのは、この時だ。息子は、あわてて逃げた。しかし、それは、殺人犯だから逃げたのではない。死体から財布を盗んだところを見られたと思ったから逃げたのだ。その証拠に、息子は、安藤果実店に飛び込んでいる。捕っても窃盗なら大した罪になるまいと思ったからだし、その時、のどが渇いて、ひどく果物が欲しかったからだ。これが、一年前の事件の真相だよ」

第八章　第三の殺人

1

誰もが、黙ってしまった。

重苦しい沈黙が、彼等の周囲を取り巻いた。

十津川は、煙草を取り出して火をつけてから、佐々木に、

「吸うかね？」

と、きいた。

「吸いたいな」

と、佐々木がいう。

十津川は、他の五人に向って、

「彼の両手を前で縛るようにして構わんだろう？　後手では、煙草を吸えないから

ね」

返事はなかった。

山口は、何かいいかけたが、黙ってしまった。

十津川は、それをイエスと勝手に解釈して、佐々木のロープを解き、前で縛り直してから、煙草をくわえさせた。

「ありがとう」

と、佐々木がいった。

十津川は、煙草の煙をゆっくり吐き出してから、

「どうも、混み入ったことになったねえ」

と、誰にともなくいった。

五人の証人は、なんとなく顔を見合わせている。

十津川は、佐々木を見た。

「あなたの、証人たちに対する反論は、なかなか見事だった。あれなら、弁護士になっても、やっていけるかも知れない」

「私の一人息子のためだからね。他人のことだったら、こんなに熱心にはなれないよ」

「かも知れないね。ところで、あなたの反論は見事だったが、だからといって、あな

たの推理が正しいという証明にはならない。そのことは、あなた自身よくわかっている筈だ。ただ、証明にはならないが、あなたの息子さんが、犯人でなかったかも知れないという疑問は、十分にかき立てるに成功した。だから、五人の証人は戸惑っているんだ。自分たちは、ひょっとすると、無実の人間を、犯人に仕立てあげてしまったのではあるまいかという疑心暗鬼に襲われている。だからこそ、みんな、銅像みたいに黙りこくってしまっているんだ」

「警部さんは、何がいいたいのかな？」

佐々木が、両手を前に縛られたまま、器用に煙草を吸いながら、十津川にきいた。

「頭のいいあなたに、それがわからない筈がない。今、全てが中途半端になってしまったんだ。この島に来るまで、一年前の事件は、完結していた。あなたの息子さんが犯人としてね。それが、今、明らかに疑惑が生れた。だが、あなたの息子さんが無実だと証明されたわけでもない。このままでは、どうしようもないのは、あなたにも、よくわかっているんじゃないのかね？」

「わかっているよ」

佐々木は、重い声でいい、まだ、長く残っている煙草を投げ捨て、足で、乱暴にもみ消した。

「私が、死んだ息子にしてやれることは、ここまでだ。裁判のとき、私が息子の弁護を引き受け、今のように反論していたら、息子は、無罪の判決を受けていただろうか？」
「多分ね」
と、十津川はいった。
「それなら、私は、一年前、裁判の時に日本に帰って来るべきだった。あの時には、
息子が、殺人事件に巻き込まれているなどとは、全く考えつきもしなかった。別れた
妻と幸福に暮らしているものとばかり思っていたのだ。今では、同じことをしてやっ
ても、息子の無実は法的には証明できないわけだな」
「一度、有罪の判決が下りたものを引っくり返すのは難しいことだからね。あなた
は、七人の証言が、あやふやなものだということを証明してみせた。だが、それでは
不十分だ。あなたの息子さんの無実が証明されたことにはならない」
「どうすればいい？」
「真犯人を指摘することだ。息子さんが犯人でないのなら、誰が真犯人か、それを見
つけ出さなければならない」
「そこまでの力は、私にはない。それが出来るくらいなら、こんな面倒なことはしな
かったよ。私にとって、十数年間、日本を離れていたことが、致命傷なんだと思う。
七人の証言に反論することは出来ても、真犯人を見つけ出すことは、出来そう

もない」

「じゃあ、それは、私がやってみよう」

「え？」

「私がやる」

「なぜ、警部さんが？」

「理由は二つある」

と、十津川は、いった。

「第一は、私個人として、この中途半端な状態に決着をつけたい気がするからだ。これは、あくまでも、私の個人的な希望といっていい。第二は、警察官としての理由だ。この島で、すでに二人の男女が、何者かに殺されている。警察官として、私は、この二つの殺人事件を解決しなければならない。その過程で、当然、一年前の事件が問題になってくる。岡村精一と、千田美知子が殺されたのも、二人が、この島へ来たからだと考えられる。つまり、一年前の殺人事件がむし返されたから、二人が殺されたのだと。この推理が正しければ、島で起きた殺人事件を解くことで、一年前の事件の真犯人が明らかになってくるとも考えられるのだ」

2

「警部さん」

浜野が、十津川に声をかけた。「決定的な写真」が、佐々木の反論によって、価値が下落したことで、元気がなくなっていたのだが、気を取り直した顔で、

「二人を殺した犯人は、そこにいる爺さんに決っているじゃないですか。一人息子を刑務所に入れられた復讐に、僕たちを、一人ずつ殺しているんだ。他に考えられないじゃないですか」

「そうかも知れないし、違うかも知れない」

「それは、どういうことですかね？」

小林啓作が、もっさりした声できいた。

「言葉どおりの意味だよ」

とだけ、十津川はいった。

「じゃあ、あの二人を殺したのは、そこの爺さん以外の人間だというんですか？」

首をかしげながら、山口少年がきいた。

「その可能性もあるね」

「でも、そうだとしたら、動機はいったい何なんですか？　僕には、あの二人を殺さなきゃならない理由はないし、他の人たちだって同じだと思う。その点、警部さんは、どう考えているんですか？」

「動機は、一年前の殺人事件だよ。他に何が考えられる？」

「しかし、あの事件で、僕たち七人の証人の証言は一致していたんですよ。爺さんの反論で、多少おかしくなったのは事実だけれど、僕は、まだ、佐伯信夫が犯人だと確信している。他の人だって同様だと思う。とすれば、同じ証人仲間の二人を殺さなければならない理由は、全然、ないわけじゃないですか」

「犯人は、そうは考えなかったのかも知れない」

「どうも、あなたのいう意味がよくわからないが」

小林啓作が、気難しい顔に、深い縦じわを寄せて十津川を見て、

「あなたのいうことを聞いていると、佐々木さん以外、つまり、ここにいる私たち五人の証人の中に、二人を殺した犯人がいるみたいに聞こえるが――」

「その可能性もあると考えていますよ」

「しかし、浜野さんもいったように、私たちには動機がない」

「果して、本当に動機がないかどうか――」

十津川は、難しい顔で、宙に眼を走らせた。

明るい空から、暖かい陽光が降り注いでいる。のどかな天気だ。こんな所で、二人もの人間が殺されたとは、とうてい思えない。白日夢のような感じすらするのだが、現実に、二人の死体が横たえられているのだ。

当然のことながら、あの二人を殺した犯人がいるということである。

十津川は、佐々木に眼をやった。陽焼けした顔の、逞しいブラジル帰りの老人は、地面にぺたりと腰を下し、疲れた様子で、立てた両膝の間に顔を埋めていた。

七人の証人への反論で、全力を使い切ってしまったのかも知れない。

この老人は、孤島に全財産を注ぎ込んで家を建て、道路を造り、七人の証人と十津川を運んで来た。それは全て、獄死した一人息子のために、七人の証人に反論するためだったのだ。

その結果、息子の無実が証明されなくても、全力を尽くしたということで満足しているのかも知れない。

佐々木の行動は、単なる一人息子に対する父親の愛情というよりも、十八年間、放置して来たことへの贖罪《しよくざい》意識であるのだろう。

もしそうなら、佐々木は、七人の証人を殺しはしないだろう。殺したところで、息子の無実を証明できるわけではないのだから。

佐々木が殺したのでなければ、あとの五人の誰かが、岡村精一と、千田美知子を殺したのだ。

（だが、動機はなんだろう？）

十津川も、そこで、壁にぶつかってしまう。しかしその壁を突き崩したら、あるいは、一年前の殺人事件の真犯人が見つかるかも知れないという期待があった。

十津川は、五人の証人の一人一人の顔を見ていった。

やたらに、自己主張をするカメラマンの浜野光彦。

二度も大学受験に失敗した山口博之。

協調性がなく、孤立した感じの安藤つね。

定年退職したあと、場末のバーに出資した小林啓作。

そのバーのマダムで、何を考えているのかわからない三根ふみ子。

この五人の誰が犯人でも、そうおかしくはないみたいに見える。

しかし、他の人間ではなく、なぜ、岡村精一と、千田美知子の二人を殺したのだろうか？

犯人は、あの二人を特に殺す必要があったのだろうか。それとも、手はじめに二人を殺し、続いて、他の者を殺す積りなのだろうか。もし後者なら、証人七人の皆殺しを考えているということで、やはり、佐々木が犯人に思えてくるのだが。

「腹がへったと思ったら、もう、三時じゃないか」

ふいに、山口が、緊張をぶちこわすような、すっとんきょうな声を出した。

3

釣られて、他の者も、腕時計に眼をやった。

意識して、十津川の気持をそらせたのだとしたら、なかなかの役者だと、十津川は、山口の顔を見直した。それとも、若いだけに、こんな時でも、腹がすくのか。

緊張した空気が破れてしまったので、十津川も、無理をせず、遅い昼食をとることにした。

また、全員がバー「ロマンス」に入り、マダムの三根ふみ子が、あり合せの材料で、食事を作ってくれた。

十津川は、佐々木の手首を縛ってあったロープを解いてやった。手首が赤くはれている。

安藤つねは、例によって、店の隅っこに行き、そこに、自分だけの世界を作って、食事を始めた。

浜野と山口は、テーブルに向い合って腰を下し、喋りながら、三根ふみ子の作ってくれた焼飯《チャーハン》を食べはじめた。といっても、喋っているのは、もっぱら、浜野の方だった。十津川が聞くともなく聞くと、プロカメラマンの厳しい世界について、人生の後輩に対して、とくとくと、教えを垂れている感じだった。

小林啓作は、黙々と食べている。この初老の男は、どことなく陰気で、何を考えているのかわからなかった。定年まで勤めたということは、多分、小心翼々とした、実直なサラリーマンだったのだろう。その割りに恵まれなかった、そんな感じのする男である。

三根ふみ子は、みんなに食事を作ったあと、自分は、ほとんど食べず、代りに、ビールを飲んでいる。

十津川は、佐々木と並んで食事をした。佐々木の番をするのが、五人から押しつけられた役目だったこともあるが、佐々木に聞きたいこともあったからである。

「あなたを信じていいのかね？」

十津川は、食事の手を止めて、佐々木にきいた。

「何をだね？」

佐々木は、ゆっくりスプーンを動かしながら、きき返した。

「岡村精一と、千田美知子を、本当に殺してないのかね？」

「私は、殺すのが目的で、七人の証人を、ここに集めたわけじゃない」

「だが、証人たちは、あなたが、自分たちを殺すために集めたと思っているかも知れん」

「ああ、わかっているとも。二人とも殺されたのだから、無理もないと思う。しかし、私は殺さん。殺すなら、もっと楽に殺している。この街を造ったのは私だ。いくらでも、仕掛けが作っておける筈だとは思わんかね？　例えば、寄りかかると壁が倒れてくるとか、銃を、いろいろな場所にかくしておくとかだ」

「なるほど」

「だが、私はそうしなかった。私が、全力を傾けたのは、一年前の事件の時と同じ現場を作ることだけだった。それはつまり、真実を知りたかったからだよ。私の願いは、他にない」

「それで、真実を知ることが出来たのかね？」

「真実だろうと思うものは、探り当てたような気がする。私の息子は、やはり犯人ではなかったという確信も持てたよ。しかしな――」

佐々木は、スプーンを置き、小さな溜息をついた。

十津川は、そんな佐々木に向って、

「しかし、それは、あくまでも、あなた個人の確信でしかない。あなたの息子さんの無実は、いぜんとして証明されていない――」

「ああ。確かにその通りだ」

佐々木は、また、小さく溜息をついてから、

「だが、さっきもいった通り、私がやれることは、もう全部やってしまった。証人の二人が殺されたことは、私の予想外のことで、どう解釈していいかわからん」

佐々木が、首をふったとき、二人の背後で、急に口論が始まった。

浜野と山口が、口げんかを始めたのだ。何が原因かわからないが、山口が、憤然とした顔で、椅子から立ち上がると、店を飛び出して行った。

「どうしたんだ？」

と、十津川が、浜野を見た。

浜野は、肩をすくめて、

「僕にもわかりませんよ。大学受験について、僕の体験を話してやってたら、急に怒り出したんだ」

「何か気に触ることをいったんだろう？」

「さあね」

浜野は、無責任に苦笑し、煙草を取り出して火をつけた。

小林啓作が、顔をねじ向けて、

「早く連れ戻した方がいいんじゃないのかね？　三人目の犠牲者になったら、大変だよ」

と、十津川にいった。

十津川は、店に残っている五人の顔を見て、

「あなたたちは、ここから動かないで欲しい。山口君は、僕が見つけてくる」

と、いい残して、店を飛び出した。

歩道に出たところで、周囲を見回したが、山口の姿はなかった。

また、海岸へ行ったのかも知れないと考え、前に、彼を見つけた海岸へ向って足早やに歩いて行った。

海は、相変らず、凪いで、明るかった。が、そこにも、山口はいなかった。

(困った男だ)

と、舌打ちしてから、十津川は、近くを探してから、ひとまず、バー「ロマンス」へ引き返した。山口も、戻っているかも知れないと思ったからだが、店に入ると、驚いたことに、カウンターの向うに、マダムの三根ふみ子一人がいるだけだった。

「他の人たちは？」

と、入口に突っ立った姿勢できくと、ふみ子は、口にくわえていた煙草を、灰皿でもみ消してから、

「みんな、山口さんを探しに行きましたよ」

「困った人たちだな。ここにいるようにいっておいたのに」

「最初は、皆さん、じっとしていらっしゃったんですけど、浜野さんが、急に、探してくるとおっしゃって、飛び出して行ったんです。きっと、口論なさったんで、気になったんじゃありませんか。浜野さんが飛び出して行ったあとは、他の方も、一斉に、出て行ってしまわれたんです」

「安藤つねさんもですか？」

「ええ。あのお婆さんも、騒ぎが好きな方だから」

と、ふみ子は、小さく笑った。

「あなたは？」

十津川がきくと、ふみ子は、

「あたしは、警部さんが戻って来られた時、困ると思って、ここにいたんですけど、山口さんは、見つかりまして？」

「いや。見つかりませんでした」

喋りながら、十津川は、不吉な思いに襲われていた。山口が、三人目の犠牲者になるのではあるまいか。

もう一度、山口を探すつもりで、十津川が店を出ようとした時、ドアが開いて、当の本人が、のんびりした顔で入って来た。

山口は「あれ？」と、小さく声を出して、

「他の人たちは、どうしたんです？」

と、十津川にきいた。

十津川は、ほっとすると同時に、何かおかしくなって、苦笑しながら、

「君を探しに行ったよ。君が、三人目の犠牲者になっては困ると思ってね。どこに行ってたんだ？」

「マンションの僕の部屋ですよ。トランジスタラジオを持って来ようと思ったんだけど……」

「私は、てっきり海岸へ行ったのかと思って、そちらを探したよ」

「どうもすいません」

山口は、ぺこりと頭を下げた。

しばらくして、浜野や、小林や、佐々木が、ばらばらに、戻って来た。

みんな、海岸を探して来たという。

また、時間が経過した。

だが、安藤つねだけが、戻って来なかった。

十津川の胸を、暗い予感が走り抜けた。

「誰か、安藤つねさんを見た人は？」

十津川は、大声で、五人にきいた。だが、五人は、お互に顔を見合すだけで、答え

ようともしない。

いらだった十津川は、ひとりで店を飛び出した。他の五人は、やっと、事の重大さに気付いたという顔で、ぞろぞろと、彼の後について、店を出て来た。

十津川は、まっすぐ、安藤果実店に向って歩いて行った。

戸が閉まっている。

(最後に見た時は、戸を閉めてあっただろうか？)

と、考えながら、十津川は、乱暴に戸を引き開け、店の中に入って行った。

店に並べた果物の匂いが、十津川を捕えた。甘酸っぱいその香りに混じって、十津川は、血の匂いを嗅いで、顔色を変えた。

眼の前に並んだ果物を押しのけるようにして、奥へ突進した。

奥が六畳の部屋になっている。

そこに、安藤つねが、俯伏せに倒れていた。

その背中に突き刺さっているジャックナイフ。

あのナイフだ。

血はあまり流れていなかった。が、それでも、流れ落ちた血が、畳を茶褐色に染めている。

十津川は、靴のまま、座敷の上にあがり込み、死体の傍に屈み込んだ。

ナイフは、浅くしか刺さっていなかった。もし、安藤つねが、もっと若かったら、死ななかったかも知れない。多分、安藤つねは、刺されたショックで死んだのだ。

その時、他の五人が、どっと、店になだれ込んで来た。

誰かが「あッ」と、大きな声をあげた。

「死んでいるんですか？」

馬鹿でかい声できいたのは、山口だった。

「死んでいる」

と、十津川は、ナイフを見つめたまま答えてから、柄をつかんで、ぐいっと引き抜いた。

浅かったので、簡単に引き抜くことができた。止められていた血が、どっと溢《あふ》れ出た。

「やっぱり、お前が殺したんだなッ」

ふいに、浜野が、大声で叫んで、佐々木につかみかかった。

「私じゃない」

と、佐々木が、甲高い声で否定した。

「嘘をつけ。お前さん以外に、誰が殺すんだッ」

「そうだ。そうだ」

と、山口も、叫んだ。

「あんたが殺したの？」

三根ふみ子も、眉を寄せて、佐々木を見た。

「あんたは、われわれを皆殺しにする気なのかね？」

小林啓作が、佐々木を睨みつけた。

「私じゃない。私は、誰も殺してはいない」

「嘘をつけッ。お前さん以外に、誰が、こんな年寄りを殺すんだッ」

浜野が、いきなり、右手でこぶしを作り、佐々木に殴りかかった。

老人といっても、ブラジルの大草原で鍛えられた佐々木である。防ぐ心構えが出来ていたら、よけられただろうが、その心構えがなかったとみえて、もろにあごに受けて、土間に転倒した。

十津川は、座敷から飛び下りると、浜野の腕を押さえつけた。

「止めろッ」

と、十津川は、浜野にいった。

「それ以上やるんなら、私が相手になるぞ」

4

浜野は、手をおろしたが、今度は、上気した顔で、十津川に食ってかかった。

「警部さん。あんたが、佐々木の縄を解いてやったのがいけなかったんだ。ちゃんと縛っておけば、あの婆さんは、殺されずにすんだんだ」

「君は、頭から、佐々木さんを犯人と決めつけているようだな？」

「あいつに『さん』なんかつける必要はないよ」

と、浜野は、八つ当り気味にいってから、

「あいつが犯人じゃなかったら、他に誰がいるんだい？」

「それを、冷静に考えてみようじゃないか。明日の朝までには、まだ時間があるからね」

十津川は、落着いた声でいってから、起き上った佐々木に、

「大丈夫かね？」

と、声をかけた。

佐々木は、軽くほこりを叩きながら、

「ブラジルの大草原で、牛や馬にこづかれてきたからね。このくらいのことは、どう

ということもない」

「じゃあ、もう一度、殴ってやろうか？」

浜野が、顔を突き出すようにしていった。

十津川が、黙って、そんな浜野を押し戻した。

「警部さん」

と、小林啓作が、浜野の背後から声をかけてきた。

「これから、どうする積りかね？」

「もちろん、犯人を探さなければならないと思っている」

「ということは、そこの老人が犯人じゃないと思っているということかね？」

「いや。そうはいっていない。彼かも知れないし、違うかも知れない。先入主を持たずに、じっくりと考えてみたいと思っているだけだ」

十津川は、浜野にいったと同じことを、小林にもいい、改めて、みんなの顔を見渡した。

「どうだね？　全員で、この島で起きた殺人事件を考えてみようじゃないか」

「しかし、どう考えるのかね？」

小林が、首をかしげて、十津川を見返した。

「冷静に、理詰めに考えていく。そうすれば、自然に、犯人が浮かび上ってくる筈だ。その犯人は、佐々木さんかも知れないし、他の誰かかも知れない」

「じゃあ、名警部さんのお手並拝見といこうじゃないか」

浜野が、からかい気味にいった。

十九歳の山口は、不安と好奇心の入り混った眼で、十津川を見て、

「何も証拠がないのに、犯人を見つけ出せるんですか？」

と、きいた。

十津川は、微笑した。

「証拠を残さない殺人なんかあり得ないんだよ。証拠は、何も、指紋とか、足痕とか、名刺といった形のある物とは限らない。心理的な証拠というものもあるからね。それを、一つ一つ丁寧に掘り起こしていけば、必ず、犯人にぶつかる筈だよ。今度の場合だって、それは同じことだ」

「果して、そう上手にいくかどうか」

浜野が、いやな笑い方をした。どうやら、この若いカメラマンは、十津川が、佐々木をかばっているのが、お気に召さないようだった。

十津川は、安藤つねの死体が横たわっている座敷に、みんなを集めた。

そのあと、死体から抜き取ったナイフを見せて、

「このナイフは、バー『ロマンス』で無くなったものと同一のものと考えていいだろ

う。犯人が、どこかへ隠しておいたのだと思う。ところで、この安藤つねさんの殺され方だが、前の二人と、微妙に違っているのだが、それがわかるかね？」

　わかるという者はいなかった。

　小林啓作が、

「どこが違うのかね？」

　と、きき返した。

「このナイフをよく見て欲しい」と、十津川は、いった。

「刃の部分だ。血が、半分までしか付着していないのがわかる筈だ。つまり、ナイフは、半分しか突き刺さっていなかったということだよ。恐らく、心臓にまで達していなかったろうし、出血も少かった。だから、死因は、ショック死と考えていい。被害者がもっと若ければ、死ななかったろうと私は思う。ところで、岡村精一、千田美知子の二人が、殺された時の状態を思い出して欲しい」

　十津川は、手に持っていたナイフを、畳に突き刺した。畳を切り裂く音が、いやに大きくひびいた。

「まず、岡村精一さんだ。彼は、後頭部を石で割られ、海に投げ込まれていた。後頭部の深い傷から見て、その一撃で即死だったに違いないと思われるのに、犯人は、ご丁寧に、海へ投げ込んだ。まるで、死んだ人間が、生き返るのを恐れるようにね。次の千田美知子さんの場合も同様だ。彼女も、石で後頭部を割られていた。その一撃で死んだと推測されるのに、犯人は、更に、ベルトで被害者のくびを絞めている。これは、皆さんも、ご覧になった筈だ。ところが、安藤つねさんの場合は、全く、そうした念の入れ方をしていない。刺し方も浅い。ショックで死んだが、そうでなければ、死ななかったろうと思われる。なぜ、こんなにも違うのだろうか？」

「それは、犯人が違うということですか？」

三根ふみ子が、遠慮がちにきいた。

十津川は「いや」と、首を横に振った。

「そうは思えない。この三つの殺人事件は、一連のものとして見るべきだし、犯人は同一人だと、私は考えている。また、そうでなければおかしいのだ。前の二人は、一年前の事件の証人だから殺されたに決っている。他に動機は考えられないからね。三人目の安藤つねさんも、同じく、一年前の事件の証人だったからこそ殺されたのだ。動機が同じなのに、別の人間が犯人だということは、まず考えられない」

「でも、同じ犯人なのに、なぜ、殺し方を変えたんでしょう？」

「そこが面白いところだと、私は思っている」

と、十津川は、微笑した。少しずつ、彼のペースになって来た感じだった。

「説明してくれなければ、どこが面白いのか、ぜんぜんわからないな」

浜野は、ふてくされた顔で、肩をすくめた。十津川は、ちらりとそんな浜野を見てから、

「もう一度、この三つの事件を考えてみよう。同一犯人なのに、前の二人は、驚くほど念を入れて殺しているのに、三人目の安藤つねさんは、いい加減というとおかしいが、死んでも死なさなくてもいいというような刺し方をしている。とにかく、前の二人と違って、止《とど》めを刺していないのだ」

「それは、死んだとわかったから、止めを刺さなかったんじゃありませんか？　警部さん」

山口が、両腕を組み、仔細らしく、首をひねりながら、十津川にいった。

「違うね」と、十津川は、即座に否定した。

「前の二人の時も、犯人は、後頭部の一撃で、相手が死んだのはわかった筈だ。それにも拘らず、犯人は、止めを刺したんだ。特に、千田美知子の場合は、死んでいる彼女のくびにベルトを回し、肉に食い入るほど強く絞めているんだ。まるで、殺した人間が、生き返ってくるのを怖がるみたいにね。同一犯人なんだから、三人目の安藤つねさんも、同じように殺すと思われるのに、なぜか、犯人は、そうしなかった。安藤つねさんだけは、万一生き返っても構わないというみたいな殺し方なのだ」

「どうも、あなたのいっていることが、よくわからんが」

と、眉をしかめたのは、小林だった。彼は、風邪でもひいたのか、軽く咳込んでから、

「結局、あなたは、何をいいたいのかね？」

「私は、事実を、冷静に見つめているだけのことでね。その中に、矛盾や、不自然なところがあれば、それを見つけ出していく。そこから、犯人が浮び上って来るかも知れないからだ。さて、今度の殺人には、もう一つ奇妙なところがあるのだが、わかるかな？」

十津川は、また、みんなの顔を見回した。が、前と同じように、誰も、何もいわなかった。

十津川は、畳に突き刺したジャックナイフを抜き取って、

「それは、凶器に、このナイフが使われたということなのだ」

5

浜野が、急に笑い出した。

「あんたは、名警部だってことだけど、大したことはないねえ」

「そうかね」

「そうじゃないか。そのジャックナイフは、犯人が、盗んで隠しておいたものだぜ。凶器として使う積りで。そのナイフを使って、婆さんを殺したって、何もおかしいことはないじゃないか。ナイフが使われなかったら、かえっておかしいくらいなもんだよ」

「本当に、そう思うかね？」

十津川は、意地悪く、確かめた。

浜野は「ああ」と、大きな声で肯いた。

「そう思うとも」

「だがね。このナイフが、いつ盗まれたかを、思い出して欲しいね。このナイフが、バー『ロマンス』から消えたのは、第一の殺人のあとだよ。つまり、第二の殺人の前ということだ。君がいうように、犯人は、凶器として使用する目的で、このナイフを盗み、隠したとしか考えられない。犯人は、明らかにあの時点で、二人目の殺人を予期していて、それに、このナイフを使うつもりだったのだ。ところが、千田美知子さんは、ナイフで殺されたのではなかった。石で後頭部を割られたうえ、くびをベルトで絞められたのだ。あの時、なぜ、折角盗んだナイフを使わなかったのだろうか？私は、てっきり、盗んだナイフを、犯人が失《な》くしてしまったのだろうと思った。他に考えられなかったからだよ。ところが、第三番目の殺人になって、このナイフを使ったのだ。私が、奇妙だといった意味を、わかって貰えたかね？」

浜野は、認めるのは癪《しやく》に触るといった顔で、横を向いてしまった。その代りに、山口が、

「たしかに、おかしいですね」

と、眼を輝かせていった。

「しかし、それは、どうにでも解釈できるんじゃないかな」

今まで沈黙していた佐々木が、口をはさんだ。

「どうにでもというと？」

十津川が、きき返す。

「例えばだな。犯人は、そのナイフを盗んだあと、この近くに隠したとする。千田美知子さんが殺された場所は、ここから遠かった。だから、ナイフを使うことが出来ず、現場近くにあった石を使った。今度の場合は、すぐ取り出せる場所にナイフがあったから、それを使った。そういう単純な理由じゃないのかね」

「残念ながら、違いますね」

十津川は、否定したが、口元には、微笑が浮んでいた。彼は、こうした議論のぶつかり合いから、真実に到達するという形が好きだった。

「犯人は、第二の殺人に使うために、ナイフを盗んだ。ここまでは、誰も異論がない

と思う。ところで、犯人は、千田美知子さんを、最初から、あの松林の中で殺す積りだったのだろうか？　答はノーだ。彼女が、あそこへ行くことは誰にも予測できなかったからだし、もし、犯人に予測できていたのなら、あの近くに、ナイフを隠しておいたろう。とすると犯人は、すぐ、手に取れるところに、ナイフを隠しておいた筈だ。誰だって、そうするに違いない。だから、第二の殺人の場合にも、犯人は、ナイフを、すぐ取り出して、手に持って、あの松林へ行けた筈なのだ。それにも拘らず、犯人は、第二の殺人のとき、折角盗んだジャックナイフを使わなかったのだよ」

「じゃあ、なぜ？」

佐々木が、首をかしげながら、十津川を見た。

「あなたは、なぜだと思う？」

十津川が、きき返すと、佐々木は、当惑した顔になって、

「私にわかるわけがない。第一、あの時は、私は、あなたに監視されていたんだから」

「理由は、それなのだ」

「それだって？」

「その通り。二つの理由が考えられる。第一は、あなたが犯人である場合だ」

「私は誰も殺してはいない」

当然のように、佐々木が抗議した。

十津川は、笑って、

「まあ聞いてほしい。一つの推理として話をしているんだからね。あなたが犯人だとしよう。あの時、あなたは、僕に監視されていた。私を撒《ま》いていなくなったのは、海岸へ出て、私が山口君を見つける直前だ。つまり、このナイフを、この街の中にかくしておいたのだとすれば、私の監視下にあった間は、取り出せなかったことになる。そのため、海岸で私を撒いたあと、松林で千田美知子さんを殺すまでの間に、ナイフを取り出すことが出来ず、止むを得ず、石で後頭部を強打し、彼女が使っていたベルトで、くびを絞めた。こう考えれば第二の殺人の時に、犯人が、折角、手に入れたジャックナイフを使わなかった理由がわかってくる」

「なんだ、やっぱり、犯人は、佐々木ということじゃないか」

浜野が、口をゆがめて、十津川を見た。

「もったいぶってるから、他の人間を犯人だというのかと思ったら、あんたの推理でも、佐々木が犯人なら、別に、何の問題もないじゃないか。これは、自分の息子が獄死したことに対する復讐なんだ。それだけのことなんだ」

「いや」と、十津川は、首を横に振った。

「私は、二つの理由が考えられるといった筈だよ。今いったのは、その片方の推理だ」

「じゃあ、もう一つの推理を聞かせて下さい」

と、面白そうに、山口が、促がした。

「これは、佐々木さんが犯人でないと考えた場合のことだ。この場合に、どうなるかということを考えてみたい。その前に、このジャックナイフのことを、もう一度、考えてみようじゃないか。このナイフが、誰と結びつくかだ」

「当然、佐々木さ」と、浜野がいった。

「彼が、持ち込んだものだからね」

「その通り。死体があり、その背中に、このジャックナイフが突き刺さっていれば、誰もが、佐々木さんの顔を思い浮べる。彼以外に犯人がいるとしたら、このナイフを隠した理由は一つしかない。それは、このナイフを使って殺せば、疑いが佐々木さんにかかるに違いないと計算したということだ。従って、犯人は、当然、第二の殺人には、隠したジャックナイフを使う積りだった。ところが、その寸前になって、佐々木さんを、私が監視することになった。この事態に、犯人はあわてた。ナイフを使って千田美知子さんを殺しても、疑惑は佐々木さんにかからない。それどころか、いろいろとまずいことが生れてくるかも知れない。それで、急遽、ナイフを使うのを止めて、石を使って殺したのだ。結果的には、佐々木さんが、私を撒いてしまったので、犯人は、ナイフを使ってもよかったのだがね」

「私は、あの時、どうしても、第二の殺人を防がなければいけないと思ったんだ。みんなが、私を疑っていることもあったが、岡村さんに続いて、千田美知子さんまで死ぬことはない。そう思って、必死で、彼女を探したのだ。だから、絶対に私は殺してない」

と、佐々木が、十津川を見、それから、他の四人を見た。

「その気持がわからないことはないが――」と、十津川は、佐々木にいった。

「しかし、あの時、あなたが私の傍を離れずにいてくれたら、こんな面倒なことにならずにすんだんだ。犯人は、あなた以外の人間だと決ったわけだからね」

「しかし、私は――」

「いいわけはいい」と、十津川は、ぴしゃりといった。

「問題は、三人を殺した犯人が誰かということだ」

「そいつは、もう決ったんじゃないかな」

浜野が、挑戦的な眼で、十津川を見た。

「ほう。どう決ったのかね？」

「やっぱり、三人を殺したのは、そこにいる佐々木と決ったじゃないか」

「理由は？」

「犯人が、佐々木以外の人間だと考えてみよう。犯人は、佐々木に罪をかぶせようとして、ジャックナイフを隠した。ここまでは、警部さんと同じ意見だ」

「そいつは、どうもありがとう」

「ただし、その先が違う。犯人は、第二の犠牲者として、千田美知子さんを選び、彼女を殺そうと考えた。多分、犯人は、彼女をあの松林におびき出したんだ。ところが、犯人に仕立てあげようとした佐々木には、あんたがくっついている。ジャックナイフで殺しても、犯人が佐々木ということにはならない。それどころか、どんな殺し方をしても、犯人は、佐々木にはならない。それなら、犯人は、殺すのを止《や》めればいいんだ。佐々木以外の人間が犯人ならね。別に、あの時点で、急いで、千田美知子さんを殺す必要はなかった筈だからね。それなのに、犯人は、彼女を殺した。ということは、犯人は、やはり佐々木だということになるじゃないか。彼なら、どうせ、僕たち全員を殺す気なんだから、なるたけ早く、一人でも二人でも殺しておきたかったに違いない。頭をかち割っといて、そのあと、ご丁寧に、くびを絞めるなんていうのは、どう見ても、憎しみの表われさ。佐々木は、僕たち七人が、自分の息子を獄死させたと思い込んでいる。僕たちを憎んでいるんだ。それも、並大ていの憎悪じゃない。頭をかち割った上、海に投げ込んだり、くびを絞めたりするほどの憎悪さ」

「なかなか面白い」

「これが真実だよ」

「しかし、安藤つねさんの場合を、どう説明するのかね？　これは、いい加減な殺し方だ。あの殺し方には、どう考えても、憎悪なんか感じられないよ。もう一つ。犯人は、君のいう通り、千田美知子さんを殺すとき、佐々木さんに罪をかぶせることが出来ないと思っていた。だから君は、犯人は佐々木さんだといった。しかしね。彼以外の犯人に、その時、どうしても、千田美知子さんを殺さなければならない理由があったとすれば別だろう？」

「しかし、どんな理由があったというんです？　佐々木以外の人間に、自分を危険にさらしてまで、第二の殺人を犯す理由があったなんて考えられないね」

「それは、私も同感だな」

と、小林が、浜野に同調した。

「なぜ、同感なのかね？」

十津川が、小林にきく。

「私たち七人は、一年前の殺人事件の証人だ。他に共通点はない。違うかね？　その証拠に、私たちは、あの事件のことで、裁判所で証言してから、この島に連れて来られるまで、お互を殺そうとしたこともないし、問題があったこともない。ここへ来て、七人の中の三人が殺された。共通点は、今いったように、一年前の殺人事件の証人だということだけだ。つまり、そのために三人は殺された。警部さんにだって、他に考えようはない筈だよ。証人だったから殺された、となれば、もし、私たちの中に犯人がいるとすると、その犯人は、この島へ来てから殺す必要はないんだ。動機は変らないんだから、ここへ来るまでの間にも、殺す理由があったことになる。ところが、ずいぶん時間があったのに、誰一人殺そうとしなかった。つまり、動機がなかったのだ。ということは、この島へ来てからだって、私たちには、お互を殺す動機がないということになる。この島で、三人を殺す動機を持っているのは、佐々木一人ということだね。だから、浜野さんの意見に同感だといったのだ」

しゃべり終ってから、小林は、どうだねというように、胸を張った。

「その通りだと、僕も思いますよ」

と、山口が、尻馬に乗った感じで、賛意を表した。

十津川は、苦笑して山口を見、小林を見た。

「今、小林さんは、自分たちの共通点は、一年前の殺人事件での証人ということしか考えないといった。だから、自分たちが狙われる動機は、証人だったということとしか考えられず、その限りでは、この島へ来る前も、今も同じだといった。だから、島へ来て急に殺され出したのは、佐々木さんが犯人だからだともいった」

「その通りじゃないかね？」

「いや、違う」

と、十津川は、断乎《だんこ》とした調子で、いい返した。

6

十津川は、煙草をくわえて火をつけた。しゃべったり、浜野たちの意見を聞いているうちに、少しずつ、頭の中で、考えがまとまっていき、それにつれて、真実が見えてきた。

「あなたたちは、この島へ来て変ったのだ。あなたたちが、というより、あなたたちの証言がといった方が正確だな。ここに来るまで、あなたたちの証言は、完璧だった。少くとも、完璧だと思われていた。だからこそ、法廷が、あなたたちの証言を採用し、佐伯信夫に有罪の判決を下したんだ。だが、ここへ来て、佐々木さんの反論にぶつかり、あなたたちの証言は、完璧さを失った。違うかね？　岡村精一さんと千田美知子さんの二人は、犯人の佐伯信夫が、ジャックナイフを手に持ち、車道を渡るのを見たと証言していたが、その証言があやふやなものであることが暴露された。二人は、相手の顔を見ていなかったことを告白した。千田さんは車の鼻先を通り過ぎた人間を見てはいたが、顔は見えなかったのだ。安藤つねさんは、佐伯信夫が、ナイフを片手に持って店に押し入って来て、彼女を殴りつけたうえ、売上金を強奪したと証言していた。しかし、それも、嘘であることがわかった。佐伯信夫が、安藤果実店に飛び込んだのは事実だが、彼女を殴りもしなかったし、売上金を強奪もしなかった。この三人の証言は、違っていたことが、ここへ来てからわかったんだ。わかったというより、暴露されたといった方がいいだろう。とすればだ。この三人は、証人だったから殺されたというよりも、証言が変ったから殺されたと考えた方がいいと、私は思うのだ」

「しかしね。警部さん」と、小林が、反論した。

「証言が変ったといっても、佐伯信夫は無実だと誰もいってるわけじゃない。多少あいまいな点が出て来ただけのことだよ。そのくらいの変化のために、三人が殺されたと考えるのは、おかしいと思うのだが」

「同感だね」

浜野が、すかさず大きな声でいい、じろりと十津川を見て、

「僕のあの写真にしてもそうだ。確かに、あれは、これから刺そうとするところではなく、抜き取った瞬間だということは認めるよ。しかし、だからといって、それで、佐伯信夫の無実が証明されたと考えるのはナンセンスだよ。まだまだ、佐伯犯人説の方が、確率が高いんだ。ここにいる四人だって、殺された三人だってそうだったと思

うんだが、今でも、佐伯信夫を犯人だと確信しているし、していたと思うね。従って、そのために殺されたと考えるのはおかしいな」

相変らず、浜野の態度は、挑戦的だった。

山口は、眼をぱちぱちさせている。多分、彼も、まだ、一年前の判決どおり、佐伯信夫が犯人だと考えているだろう。自分の証言のあいまいさを指摘されても、人間は、なかなか、結論を変えようとはしないものだ。もし、彼等が、無実の人間を犯人としてしまったのだとしたら、それは、彼等の良心を深く傷つけるに違いない。誰だって、そんな状態に、自分を追い込みたくはないのが当然だ。

「少し寒くなったみたいだけど――」

三根ふみ子が、肩をふるわせるようにしていった。

外は、まだ、かなり明るかったが、部屋の中は、薄暗くなり始めていた。

十津川は、手を伸ばして明りをつけた。

蛍光灯の青白い光が、みんなの顔を照らし出し、安藤つねの死体を浮きあがらせた。

「あなたたちのいい分も、わからないじゃない」と、十津川はいった。

「確かに、証言に変化はあったが、まだ、佐伯信夫の無実が証明されたわけじゃない。だがね。彼以外に真犯人がいたと考えてみよう。彼以外ということは、あなたたち七人の証人の中にということだ。その人間にとって、証人たちの証言が、少しでも変ることは、恐ろしいことだったに違いないのだ。その恐怖が、証人たちの口封じに走らせたのだと、私は思っている」

第九章　判　決

1

佐々木をのぞいた四人の顔が、まるで、自分が真犯人と指摘されたみたいに、こわばるのが見えた。

十津川は、その緊張をほぐすように、わざと、新しい煙草を取り出して火をつけた。それに釣られたように、小林と浜野も、ポケットから煙草を出して口にくわえた。

「岡村精一さんと千田美知子さんが、続けて殺された事件を、もう一度、考えてみよう」

と、十津川は、切り出した。

「この二人の殺され方には共通点があることは、前に話した。念入りな殺し方だ。絶対に生き返らせるものかという犯人の強い意志が、はっきりと読み取れる。では、三人目の安藤つねさんを、こんなに無造作に扱ったのに、岡村精一さんと千田美知子さんの二人は、なぜ、別人のように念入りに殺したのだろうか？　二人に対する憎悪の方が、格段に強かったからか？　ノーだ。三人は、証人という点でどこにも違いはない。では、安藤つねさんより、二人の証言の方が、裁判で決定的な重みを持っていたからだろうか？　ノーだ。裁判で、二人は、車の前を、ナイフを持った佐伯信夫が走り過ぎたと証言しているだけで、殺すところを見たと証言しているわけではない。むしろ、安藤つねさんの証言の方が、事件の直後、ナイフを持って店に飛び込んで来て、自分を殴って果実と売上金を強奪したということで、裁判官の心証を悪くした筈だ。さらにいえば、この三人より、生き残っている四人の証言の方が、裁判で決定的な重味を持ったと、私は確信している。小林啓作さんと三根ふみ子さんは、バー『ロマンス』で、佐伯信夫が、酔って、被害者と口論したこと、またそのあと、佐伯信夫が、ナイフをつかんで、被害者の後《あと》を追って店を飛び出したと証言している。また、山口君は、裁判で、三階の窓から、佐伯信夫が被害者を刺すところを目撃したと証言した。更に、浜野カメラマンは、佐伯信夫が、被害者を突き刺す寸前の写真を裁判に提出した。この四人の証言や写真が、裁判で、決定力を発揮したことは、誰にもわかる筈だと思う。もし、佐々木さんが、一人息子を刑務所に送られたことへの憎悪から、次々に証人を殺しているのであれば、四人の方を先に殺さなければおかしいことになる」

十津川は、言葉を切り、煙草の灰を、土間に叩き落した。

「つまり、三人の殺し方は、佐々木さんを犯人と考えた場合、一年前の裁判での証言が原因と考えた場合、辻褄《つじつま》が合わなくなってくるのだ。では、どう考えたら辻褄が合うのか？　それは、佐々木さん以外に犯人がおり、私が前にいったように、この島へ来てからの証言の変化が原因で三人が殺されたと考えたとき、初めて、辻褄が合ってくるのだ。岡村精一、千田美知子、安藤つねの三人は、この島で、微妙に証言を変化させた。その変化が、佐伯信夫以外にいる真犯人にとって、都合の悪いことだったから殺したと考えると、辻褄が合ってくるのだ」

「しかし警部さん」と、小林が、眉を寄せていった。

「第三者の私が、冷静に見て、あの三人の証言の変化に、殺されるような重大なものがあったとは思えないのだがねえ。もし、警部さんがいわれるように、一年前の事件に、佐伯信夫以外に真犯人がいて、三人の証言の変化によって、その真犯人が浮かび上って来たのであれば、そのために殺されたというのも納得できるが、私には、その気配は、全く感じられないのだが」

「じゃあ、三人の証言の変化を、もう一度、検討しなおしてみようじゃないか。まず、安藤つねさんからだが、彼女は、佐伯信夫が、事件の直後に、店に飛び込んで来たということは、変えていない。血まみれのナイフを手にしていて、殴り倒されたという点を変えただけのことだ。真犯人にとって、この変化は、脅威でもなんでもない」

「それなら、なぜ、彼女は殺されたのかね？」

「カムフラージュだね」

「え？」

「佐々木さんによって、七人の証人全員が殺されていくと見せかけるためだよ。だから、彼女でなくてもよかったのだ。また、そうすることによって、岡村精一、千田美知子二人の死に疑惑が向けられるのを防ごうとしたのだと、僕は思っている。そこで、二人の証言の変化だ。裁判の時、二人は、揃って、佐伯信夫が、ジャックナイフを手に、零時五、六分頃、バー『ロマンス』の方から、殺人現場の方へ走って行くのを見たと証言した。こう証言している限り、真犯人は安全だ。だから、この島へ来るまで、あの二人は殺されずにすんでいたのだ。だが、その証言が変化した。どう変化したか。千田美知子は、あの時、抱き合っていて、通り過ぎた人間の顔は見えなかった。だが、人間が通り過ぎるのは見たと変化したのだ。重大なのは、むしろ、後段の方だと僕は思う。彼女は、佐伯信夫だかどうかわからないが、誰かが、事件の直前、車の前を、バー『ロマンス』の方から、殺人現場に向って走り過ぎるのを目撃したのだ。とすると、岡村精一だって、同じものを目撃した可能性がある。これが、真犯人にとって、どんなに恐ろしい新証言か、皆さんにもわかる筈だ」

十津川は、じろりと自分を囲んでいる五人の顔を見回してから、

「二人が、車のフロントグラス越しに、犯人を見た可能性がある。顔は見えなかったといっているが、服装や走り方などは、その中に思い出してくるかも知れない。そして、思い出したものが、佐伯信夫に該当しなくて、他の人間にぴったりだったらどうなるのか？　真犯人は、居ても立ってもいられなかったろう。二人が思い出す前に、永久に口を封じてしまわなければならない。そこで、真犯人は、矢つぎ早やに二人を殺したのだ。岡村精一さんの場合も、千田美知子さんの場合も、石で後頭部を叩き割っただけで死んだに違いない。だが、真犯人は、死んだらしいと思っても、二人が、息を吹き返して、真実を喋られるのが怖かった。だから、二度と息を吹き返さないように、岡村精一さんを海に投げ込み、千田美知子さんのくびを絞めたのだ。従って、二人が、あんな残酷な殺され方をしたのは、犯人の憎悪が原因ではなく、犯人の恐怖が原因なのだ」

2

「じゃあ、その真犯人というのは、いったい誰なんですか？」

と、山口が、性急にきいた。

十津川は、微笑した。

「これで、佐伯信夫以外に真犯人がいたという可能性が強くなったから、真犯人がいたという仮定に立って、話を進めて行こう。浜野カメラマンは、佐伯信夫が、被害者の背中から、ジャックナイフを抜き取った瞬間を写真に撮った。だが、真犯人がいるのだから、そのナイフを刺したのは、佐伯信夫ではないことになる。佐伯信夫が、バー『ロマンス』を出て、車道を渡り、反対側の歩道についた時、被害者木下誠一郎は、すでに、真犯人によって殺されていたということだ。しかも、大事なことは、佐伯信夫のジャックナイフによってということなのだ。真犯人は、佐伯信夫よりも先に、彼のナイフを使って、被害者木下誠一郎を刺せた人間ということになってくる」

十津川は、小林啓作を見、三根ふみ子に眼をやった。

他の三人の視線も、自然に、二人に向けられた。

小林が、顔を赤くして何かいいかけるのを、十津川は、手で制して、

「当然、この真犯人説は、七人の中の誰かの証言と矛盾することになる。そして、逆にいえば、矛盾した証言の主が、真犯人ということになってくる。七人の一人一人について、考えてみよう。殺された三人はどうだろう？　証言は変化しているから、矛盾はなくなっていると見ていい。千田美知子さんは、目撃した人間が誰かわからないと証言したのだから、真犯人である可能性は殆《ほとん》どない。安藤つねさんは、佐伯信夫が犯人と断定していないのだから、同じく矛盾しない。浜野カメラマンはどうか？　彼は、自分の撮った写真が、これからナイフで突き刺すところではなく、抜き取ったところだということを認めた。それによって、真犯人が別にいても不自然ではなくなった。つまり、真犯人説と矛盾しないのだ。山口君はどうだろう？　彼も、三階の窓から見下したとき、佐伯信夫が、被害者木下誠一郎をナイフで突き刺したと裁判で証言していたが、それを、窓から見下した時、被害者はすでに死んで横たわっており、その死体の傍に佐伯信夫が屈み込んでいたと変更した。この新しい証言は、真犯人説と矛盾しないのだ。となると、残るのは、小林啓作さんと三根ふみ子さんの二人だけだが」

十津川は、また、彼等二人に眼をやった。

「考えてみれば、この二人だけが、証言を変えていないのだ。もっとも、二人の証言は、事件のいわば出発点だから、もし変えれば、事件全体が、がたがたになってしまうわけだが、小林さんも、三根ふみ子さんも、自分の証言を変える気はないかね？」

「ないね」

と、小林が、おうむ返しにいい、十津川を睨んで、

「私も、マダムも、事実をいったんだから、今更、一年前の証言を変える気はないね」

「あんたはどうかね？」

十津川は、三根ふみ子に視線を移した。

ふみ子は、やや、蒼ざめた顔を、小さく横にふった。

「あたしも、変える気はありませんわ」

「よろしい」と、十津川は肯いた。

「では、もう一度、あなた方の裁判での証言を思い出してみよう。二人の証言は共通している。被害者木下誠一郎と、犯人佐伯信夫は、店で飲んでいる中に、些細なことから口論になり、佐伯信夫は、ポケットからジャックナイフを取り出して、被害者を脅した。そこで、マダムは、ナイフを取り上げて、カウンターの上に置いた。それで、その場は納まったように見えたが、被害者木下誠一郎が帰ると、やがて、佐伯信夫が、カウンターの上のナイフを引っつかんで店を出て行った。これが、あなた方の証言だが、変える気はないかね？」

「ないね。私もマダムも、真実を証言したんだ」

「しかし、あなた方二人の証言が、真犯人説と矛盾することは、わかる筈だ。あなた方の証言のポイントは二つある。第一は、被害者の少し後から出て行ったのが、佐伯信夫であるという点、第二は、その佐伯信夫が、カウンターの上のジャックナイフを手につかんで店を出て行ったという点だ。ところが、真犯人説によれば、被害者のあとをすぐ追いかけたのは、佐伯信夫ではない人間であり、佐伯信夫ではなく、その人間が、問題のジャックナイフを手につかんでいたのだ。それでも、まだ、証言を変える気は起きないかね？」

「起きないな。真犯人説が間違っているのだ」

頑として、小林が主張した。

十津川は、苦笑してから、

「では、細かく分析していこうか。佐伯信夫は、確か、警察でも、法廷でも、バー『ロマンス』でのことは、酔っていて、よく覚えていないと証言していた――？」

と、佐々木を見た。

「その通りだよ。酔っていたので、ほとんど覚えていないと証言している。被害者木下誠一郎と喧嘩したことも覚えていないといっている」

「すると、喧嘩はしなかったということも考えられないことはない」

十津川がいうと、小林が「馬鹿な！」と叫んだ。

「佐伯信夫と、被害者が激しい口論をしたのを、私もマダムも見ているんだ。第一、何もなかったのなら、被害者が殺された理由がわからないじゃないかね？」

「口論がなかったとはいってない」

「何だって？」

「私は、佐伯信夫と被害者の間に口論がなかったんじゃないかといっているだけで、口論そのものを否定しているわけじゃない。私は、被害者と、佐伯信夫でない真犯人との間に、激しい口論があったと思っている。真犯人は、佐伯信夫よりも先に、ナイフを持って、店を出て、被害者を刺したんだ。ナイフは、これも想像だが、酒を飲むとき、佐伯信夫が、邪魔なので、ポケットから出して、カウンターの上に置いておいたのだと思う」

「つまり、真犯人は私だといいたいわけかね？」

小林啓作が、こわばった顔で十津川を見つめた。

「あなたも、三根ふみ子さんも、証言を変える気はないといった。とすれば、事件の時、バー『ロマンス』には、四人の人間しかいなかったことになる。被害者木下誠一郎、佐伯信夫、マダムの三根ふみ子さんに、小林啓作さんの四人だ。となると、問題のナイフで、佐伯信夫より先に木下誠一郎を殺せたのは、あなたか、三根ふみ子さんかのどちらかということになってしまうのだ。ナイフで刺殺という殺人の方法や、千田美知子さんが目撃した人間が男性らしいということから見て、三根ふみ子さんとは考えられない。残るのは、小林さん。あなただけだ。酔って被害者と口論したのは、佐伯信夫ではなく、あなたじゃなかったのかね？」

「馬鹿馬鹿しい。私は、口論したからといって、その相手を刺し殺すほど若くもないし、短気でもないよ。あんたの推理は、的外れだね」

「単なる口論以上のものがあったらどうだろうか？」

「それは、どういうことかね？」

「この島へ来て、七人の証言や、それに対する佐々木さんの反論を聞いて、私にも、一年前の殺人事件のことや、裁判のことも、次第にわかって来た。だが、どうも、まだよくわからないことがある。その一つが、被害者木下誠一郎のことだ。年齢三十七歳。若いが、太陽物産営業課長というエリートということはわかった。だが、そのエリート社員が、なぜ、こんな場末の小さなバーで、酒を飲んだのか？」

「そのことは、私が、何度もいった筈だ。たまたま、タクシーで通りかかって、店のネオンを見、急に飲みたくなったので、タクシーをおりて飲みに寄ったのだと。彼は、飲みながら、私やマダムに、そういったのだ」

「しかしねえ。この町からタクシーで二十分も飛ばせば、もっと賑やかな、高級バーやナイトクラブのある盛り場に着けるのに、なぜ、タクシーを止めておりたのだろうか？　エリート社員らしからぬ行動と思うのだがね」

「人間の気持なんて、おかしなものだよ。つい、ふらふらと、タクシーをおりて、あの店に入っちゃったんじゃないかな。その何気なく入った店に、前科一犯で、ジャックナイフを持った若者がいたのが、被害者にとって、不運だったということじゃないかな」

小林は、肩をすくめて見せた。

十津川は、新しい煙草に火をつけた。

「私はね。被害者は、たまたまあの店に寄ったのではなく、何か用があって、わざわざ立ち寄ったのだと思っているのだが、違うかね？　そう考えると、いろいろと、理屈が合って来るのだがな」

「何か用って、どんな用かね？」

「あなたに用があって来たんじゃないかな？　小林さん」

十津川が、ずばりといった。

その瞬間、小林の鼠のような顔が、ゆがんだようだった。

「そんなことはない」

と、小林は、甲高い声を出した。

「だがねえ」と、十津川は、煙草の煙を吐き出しながら、粘りのあるいい方をした。

「被害者が、あなたに用があって、あの店にやって来たと考えると、全て辻褄が合ってくるのだ」

「私と被害者とは、何の関係もない。私は、従業員三百人足らずの中小企業の中の、安月給取りで、定年間近になって、やっと係長になれた男だし、被害者の方は、太陽物産という日本を代表する大商社の営業課長というエリートだ。境遇が違いすぎるよ」

「あなたの卒業した大学は？」

「なるほどね。大学の先輩、後輩の関係ではないかと考えたのかね」

と、小林は、クスクス笑ってから、

「残念ながら、的外れだねえ。確か被害者は、T大を優秀な成績で卒業したらしいが、私は、旧制中学しか出ていない。私は、中学を出て働き、その後、中国で戦って終戦を迎えた。被害者は三十七歳だったそうだから、戦争は知らないんじゃないかね。体験したとしても、幼児体験だろう」

「しかし、私は、あなたと被害者が、何らかの関係があったと思っている。そうでなければおかしいのだ」

十津川は、断定するようにいった。

小林の顔が、またこわばった。

「なぜ、そんなことに拘わるのかね？」

「いいかね。証言の変化は、真犯人が別にいたことを示しているのだ。そして、真犯人は、あなた以外に考えられない。となると、あなたと被害者の間に、何らかの関係がなければおかしいのだ」

「いったい、どんな関係があったというのかね？」

「あなたは、一年前、定年間際《まぎわ》だった。小さな会社だから、退職金もそう多くはなかった筈だ。なぜなら、あなたが再就職を諦め、第二の人生として、バーの共同経営の道を選んだとき、三根ふみ子さんに三百万円しか出さなかったと聞いたからだ。退職金の全額を出したわけじゃないだろうが、多くなかったことは、これでもわかる。そこで去年だが、あんたは、定年退職を控えて、不安だったのだと思う。そこで、再就職を希望していたのじゃないかね。その再就職を頼んだのが、被害者の木下誠一郎だったと、私は思っている。何かの義理で、被害者は、あなたに会いに、事件の夜、バー『ロマンス』にやって来た。ところが、被害者は、あなたに仕事を世話する気は、最初からなかったのだ。ただ、義理でやって来て、すげなく断って帰ろうとした。それで、あなたは、カッとなり、カウンターの上にあった佐伯信夫のジャックナイフを持って、被害者の後を追いかけたのだ。被害者の方は、店を出たところで、タクシーを拾おうと思ったが、その時、尿意をもよおした。あなたの再就職の依頼をすげなく断った手前、店に戻って、トイレを借りるわけにはいかない。そこで、通りの向う側に、薄暗い路地があるのを見つけて、そこで小用を足そうと考えたのだ。彼を追って店を出たあなたは、多分、路地へ入って行く被害者を見つけたのだと思う。そして、あなたも、通りを渡って、あの路地へ入って行った。その時、あなたは、止まっている車の中から、千田美知子に見られたのだ。ただ、千田美知子は、車の中から見たので、顔が見えず、てっきり、佐伯信夫と思い込んで、あとで、そう証言したのだ。あなたは、路地で、被害者に追いつき、恐らく、もう一度、再就職を頼んだに違いない。小用を足している被害者の背中に向ってだ。だが、被害者は、また、すげなく断った。あなたは、カッとなり、小用をおえて、ズボンのチャックをしめかけている木下誠一郎の背中に、ジャックナイフを突き刺したのだ」

「とんでもない」

と、小林はいったが、十津川は、構わずに先を続けた。

「あなたは、カッとなって刺したものの、木下誠一郎を殺す気はなかったから、あわてて逃げ出した。ジャックナイフを突き刺したまま逃げたのは、佐伯信夫に罪をかぶせる気だったからというよりも、あわてていたからだと、私は思う。その方が自然だからだ。あなたは、歩道に飛び出せば、人に見つかるかも知れないと思い、路地を反対側へ抜け、ぐるりと、大回りをして、バー『ロマンス』へ戻った。一方、佐伯信夫は、酔って眠っていたが、さめて、店を出た。多分、あなたが、木下誠一郎を刺した直後ぐらいだろう。佐伯は、店を出ると、向う側の歩道に渡った。なぜ、そうしたのか、彼が死んでしまった今となっては想像するより仕方がないが、或は、佐伯信夫も、木下誠一郎と同じように、あの路地で、小用を足そうと思ったのかも知れない。酔うと、小便をしたくなるものだからね。刺された被害者木下誠一郎は、即死ではなかった。まだ息のあった木下誠一郎は、助けを求めて、明るい歩道へよろめき出た。がそこで、息絶えて倒れてしまった。背中に、ジャックナイフを突き刺したままだ。そこへ、佐伯信夫がやって来た。岡村精一さんと千田美知子さんの二人が、一人しか、車の前を通らなかったと証言していることから考えると、佐伯信夫は、あの車の背後、多分、横断歩道を渡って行ったのだと思う。佐伯信夫は、倒れている木下誠一郎を見てびっくりした。ついさっきまで、同じ店で飲んでいた男が、刺されて死んでいたのだからね。普通の人間なら、一一〇番したろうが、佐伯信夫は、前科があった上、住所不定だったから、自分に疑いがかかるのを恐れて、警察に電話しなかったのだろう。それどころか、死体の背中に、自分のジャックナイフが刺さっているのを見て、あわてて抜き取り、ジャンパーのポケットにしまった。その時、浜野カメラマンに写真を撮られたのだ。そのあとは、前に、佐々木さんが推理したとおりだと、私は思っている。佐伯信夫が、山口君に見られて逃げたのは、殺人犯だったからではなく、死体から財布を盗んだからだという佐々木さんの推理も、僕は、当っていると思う」

「小林さんが真犯人だとしたら、彼女は、どうなるんです？」

山口が、三根ふみ子を指さした。

ふみ子は、光る眼で、じっと、十津川を睨んでいる。

十津川は、小林啓作から彼女に視線を移した。

「三根ふみ子さんと、小林さんとは、店のマダムと、客以上の仲になっていたと、僕は思っている。違いますか？」

「ゲスの勘ぐりは、止めて頂きたいわ」

ふみ子は、眉をしかめた。

十津川の口元に、微笑が浮んだ。

「私のいい方が悪かったら、お二人は、利害関係で結ばれていたといい変えてもいい。マダムの三根ふみ子さんは、店の資金として、小林さんの退職金が欲しかった。一方、小林さんは、彼女の嘘の証言が必要だった。だから、マダムは、警察や法廷で、小林さんに口裏を合せた。その見返りに、小林さんは、退職金を、バー『ロマンス』に投資した。これなら、ご満足ですか？」

「あなたは、優秀な警部さんらしいが、証拠もなしに、人を犯人扱いするのかね？」

小林啓作が、憤然とした顔で、十津川に向って抗議した。

「物的証拠はないが、状況証拠は十分だよ。佐伯信夫が犯人でないとすれば、あのナイフで、被害者を殺せたのは、あなたか、三根ふみ子さんしかいないのだからね」

「私の動機は、定年を迎えて、被害者に再就職を頼んだのに、それを断わられたので、カッとして殺したのだというのだね？」

「他に考えられないのでね」

「しかし、さっきもいったように、私と被害者とは、何の関係もないんだ。関係のない人間が、再就職を頼めるかね？」

「マダムが、被害者を知っていて、彼に再就職を頼んだんじゃないのかね」

横から、佐々木が、十津川にいった。

十津川は「違うね」と、即座に否定した。

「もし、被害者が、マダムの知り合いで、小林さんの再就職を頼んでくれたのだとしたら、断わられたところで、殺したりはしない筈だからね。マダムに対する遠慮から、怒りを抑えたろうと思う。彼が、相手を刺殺するほど怒ったというのは、被害者が、彼の知り合いであり、しかも、小林さんの方は、再就職の世話をしてくれてもいいと思っていたのに、すげなく断ったからだ。小林さんと被害者の間には、それだけの関係があった筈なのだ。いわゆる義理のある関係といったものだと思うね」

「それなら私は無実だ」と、小林は、ニヤッと黄色い歯を見せて笑った。

「年齢も違うし、私は、さっきもいった通り、旧制中学しか出ていないから、学校の先輩、後輩でもない。あの被害者には、私の再就職を世話しなければならない義理はなかったんだ。だから、当然、私が、彼を殺す理由もない」

「会社関係かな」

「会社関係？」と、小林は、おうむ返しにいってから、また、ニヤッと笑って、

「なるほどね。私の勤めていた会社と、被害者が営業課長をやっていた太陽物産と取引があって、その関係で、知り合っていたんじゃないかというのかね？」

「違うのかね？」

「残念だが違うねえ。私が働いていた会社は、中規模の不動産会社で、太陽物産とは何の取引もなかった。太陽物産は、太陽不動産という会社を持っていたから、私がいた小さな不動産会社なんか使わなくても、土地を入手できたからだよ」

小林は、ポケットの中を探っていたが、やがて、一枚の名刺を取り出して、十津川の前に置いた。

「昔の名刺だよ」

と、小林はいった。

確かに、その名刺には「鈴木不動産株式会社　庶務係長・小林啓作」とあった。

「これで、私の無実を信じてくれるかね？」

小林は、十津川の顔を、のぞき込むようにしていった。

3

十津川の顔に、当惑の色が浮んだ。

小林の主張するように、彼と被害者とは、何の関係もないのだろうか。

とすれば、彼が、被害者に再就職を頼むということもあり得ない。動機が無くなってしまうのだ。ただ、偶然、バーで一緒になって、酔って口論したくらいでは、小林は、相手を刺し殺したりはしないだろう。血の気の多い若者なら知らず、小林は、五十歳を過ぎた男だし、酒の上の口論で、相手を殺すようなタイプではない。

(とすると、佐伯信夫がやはり殺したのだろうか？　佐々木の証人たちへの反論も、意味がなくなってしまうのだろうか？　そして、この島での連続殺人は、息子を失った佐々木の復讐なのだろうか？)

いや、そんな筈はないと、十津川は思った。

十津川は、自分の推理に自信があった。

それに、小林が、急に饒舌《じょうぜつ》になったのも引っかかった。

この島へ来てから、どちらかといえば、口数が少く、目立たなかった男である。たとえ、自分が疑われ、その疑いを晴らすためとはいえ、しゃべり過ぎる。

あまりにも饒舌な時は、何かを隠そうとすることが多いものだ。人間は、弱味があると、黙りこくってしまうか、さもなければ、逆に饒舌になる。

「君に頼みがある」

と、十津川は、急に、山口に眼をやった。

山口は、緊張した顔で、

「何です？」

「バーに、一年前の事件を報じた新聞があった筈だ」

「ええ」

「それを持って来てくれ」

「ええ」

と、山口が肯いて飛び出して行き、すぐ、一年前の新聞を持って帰って来た。

十津川は、引ったくるようにして、その新聞に眼を通した。

彼が期待した記事は、短くはあったが載っていた。

十津川は、新聞から眼をあげ、小林を見た。小林は、自信のある顔で、十津川を見返した。

「あなたの郷里はどこか教えてくれないかな？」

と、十津川は、何気ない調子できいた。

その瞬間、小林の顔色の変るのがわかった。どうやら、十津川の質問は、正鵠《せいこく》を射ていたらしい。

「私は、東京の人間だ」

小林は、必要以上に声高にいった。

「生れたのも、育ったのも東京かね？」

「そうだ」

「それはおかしいね。僕は、東京生れの東京育ちだが、あなたのしゃべり方には、どこかの訛《なま》りがある。東北のどこかの訛りだ。僕の部下に、東北出身の刑事がいるが、しゃべり方がよく似ている」

「生れたのは、東北だ。中学を出てから東京に出て来たんだよ。それが、事件とどんな関係があるのかね？」

「東北のどこかね？」

「盛岡《もりおか》だ」

「そいつはおかしいな」

と、ふいに、カメラマンの浜野が、大きな声を出した。

「何がおかしいんだ?」

十津川がきくと、浜野は、一歩、前に踏み出して、

「僕は、盛岡の生れだけど、この人の訛りは盛岡じゃないよ。多分、宮城県の生れじゃないのかな? 本当に盛岡の生れなら、盛岡弁でしゃべってみろよ」

「――――」

小林は、明らかに、たじろいだ。

「なぜ、出身地について嘘をつくのかね?」

十津川は、厳しい眼で、小林を見つめた。

小林は、追い詰められた眼で、十津川を見、浜野を見た。

「わかったよ。私は、宮城県の生れだ。だからどうだというのかね?」

「宮城県志田《しだ》郡S村の筈だ」

十津川は、ずばりといった。

小林が、ぎょっとした眼で、十津川を見た。

「そうなんだな?」

十津川は、追い打ちをかけるように、小林を睨んだ。

小林は、甲高い声で、

「だったら、どうなんだ？」

十津川は、さっきの新聞を取りあげた。

「ここに、こう書いてある、『酒の上の喧嘩で殺されたエリートサラリーマンの両親は、郷里の宮城県志田郡S村で、呆然としながら次のように語った』とね。これで、あなたと被害者は結びついた。あなたと木下誠一郎は同じ村の出身なんだ。東北の農村なら、今でも、義理人情に厚いだろう。それを頼りに、あなたは、被害者に再就職を頼んだ。ところが、相手は、すげなく断った。違うかね？」

ふいに、小林は、がくッと、土間に両膝をついてしまった。

長い、異様な沈黙があたりを支配したあとで、やっと顔をあげた小林は、全てをあきらめた表情だった。

「私と――」と、小林は、かすれた声でいった。

「私と、木下の叔父とは、S村で隣り同士だった。中学も同級で、戦時中は、一緒の部隊で中国にいた。足を負傷した奴を、担いで部隊に帰ったこともある。木下は、その叔父に育てられたんだ。その縁で、私は、木下を、あの店に呼んで、恥を忍んで、定年後の再就職を頼んだんだ。太陽物産の営業課長なら、楽なことの筈なのに、あいつは、剣もほろろに断ったんだ。それだけでなく、私を、能なしの老いぼれのようにいった。だから、私は――」

十津川は、そっと佐々木を見た。

佐々木は、疲労の浮かんだ頬をわずかにゆがめて、畳を放心したように眺めていた。

解説

山前　譲（推理小説研究家）

東京都を管轄とする警視庁の警察官でありながら、西村京太郎作品の名探偵である十津川が全国各地を飛び回って捜査してきたことは、いまさら言うまでもないだろう。時には海外へと旅立ち、アフリカの砂漠やシベリアで死を覚悟するような場面も経験している。いくら事件の解決が職務とはいえ、フットワークの軽い、確実にハードな彼の仕事ぶりには驚かされてきたはずだ。

たまには妻の直子と一緒に、のんびり休暇の旅をしている時もあるけれど……それが休暇で終わることはまったくない。そもそも、十津川夫妻は新婚旅行ですら十分には楽しめなかった。それは『夜間飛行《ムーンライト》殺人事件』でのことだが、旅先の北海道で事件と遭遇しているのだ。また、直子は殺人事件の容疑者になってしまったこともあるのだから、どうして警察官の妻になったのかと同情するばかりである。いや、もちろん直子自身は後悔などしていないはずだが。

日本一忙しい警察官として、数多くの事件に携わってきたその十津川にしても、本書『七人の証人』の舞台はとりわけ印象に残っているのではないだろうか。

そこは孤島である。まわりは海ばかりで、他の島や陸地は見えない。警視庁の管轄内なら伊豆諸島や小笠原群島が考えられるが、どこに位置する島なのか、まったく情報がないのである。船もなく、外部と連絡する方法はなかった。

そして奇妙なことには、雑草の広がる原っぱのなかに映画のオープンセットのような街並みが造られているのだ。しかも、誰かが住んでいてもおかしくないような状態で……。べつに十津川シリーズに限ることではなく、西村作品でこれほど不思議な舞台はないはずだ。

どうしてそんな孤島に十津川がいるのか？　深夜、難事件をようやく解決して帰宅する途中、背後から鈍器で後頭部を殴られ、意識を失ってしまった。警察官としては大失態だが、意識を取り戻した時には孤島に運ばれていたのである。そしてある人物から思いもよらないことを持ちかけられるのだ。

孤島には十津川の他に七人の男女がいた。彼らはみんな、一年前の殺人事件の証人だった。被害者は木下誠一郎、三十七歳。加害者は佐伯信夫、二十一歳。同じバーで飲んでいたふたりはささいなことで口論となった。その場はマダムの取りなしで収まったが、バーを出てから佐伯は怒りがぶり返し、木下を刺し殺してしまう。裁判の結果、佐伯は九年の実刑に——というのが新聞で報じられた事件の経緯である。

孤島に設けられていた街並みは、その事件の現場周辺の正確な再現だった。そして十津川と七人の証人の前に、猟銃を手にした老人、佐々木勇造が姿を現す。佐伯の実父だというその男によれば、無実を訴えていた佐伯が刑務所内で病死したとのことだ。自分は息子の無実を証明してやりたい。だから一年前の事件の時の証言を、もう一度ここでしてほしい——。

孤島という舞台もさることながら、ミステリーとしてもじつにユニークな発端である。かくして、七人の証言によって、過去の殺人事件が再現されていく。佐々木はその証言を鋭く追及していく。はたして犯人は別にいるのだろうか。そんな謎解きの場の立会人として、強引に招かれたのが十津川警部なのだ。もちろん真実を知りたい思いに駆られ、自らも推理を巡らせていく。

西村作品には伝奇性たっぷりの『鬼女面殺人事件』や『幻奇島』、あるいは『伊豆七島殺人事件』といった、島を舞台にした長編がある。それはかつて島巡りが趣味だったからのようだが、本書の舞台である誰も住んでいない孤島は、島を取り巻く環境ではなく、外界と隔絶された空間というシチュエーションが意味を持っている。かといって、西村氏が『殺しの双曲線』で挑戦した、孤島を舞台とするアガサ・クリスティ『そして誰もいなくなった』ともテイストは違っている。

隔絶空間という意味で、本書で推理が展開されているのは、再現された街での現場検証を伴う法廷と言えるだろう。私的に設けられた法廷で、証言が吟味《ぎんみ》され、真相が明らかにされていくからである。

二〇一一年刊の『贖罪の奏鳴曲《ソナタ》』に始まる中山七里氏の御子柴弁護士のシリーズや、二〇二〇年に話題を呼んだ五十嵐律人氏の『法廷遊戯』など、このところいわゆるリーガル・サスペンスが注目を集めている。

高木彬光『破戒裁判』や大岡昇平『事件』、あるいはともに弁護士で江戸川乱歩賞作家の和久峻三氏や中嶋博行氏の作品群などもあったけれど、近年のムーブメントの端緒はやはり二〇〇九年五月から実施された裁判員制度だろう。芦辺拓『裁判員法廷』や夏樹静子『てのひらのメモ』といった、いち早くその制度に着目した長編は話題となった。そして、裁判員制度にこだわることなく、弁護士や検察官を主人公にしたミステリーが増えていく。柚月裕子氏がシリーズ化している佐方貞人のように、検察官から弁護士に転身したキャラクターも登場している。

もちろん裁判が関係したミステリーのテイストはさまざまだが、証拠や証言から法廷で導かれる真実……スリリングなピュアな謎解きはひときわ興味をそそるに違いない。『七人の証人』は実際の法廷が舞台ではないのにもかかわらず、同じ魅力に満ちているのだ。それは再審と言えるに違いない。

もし一年前の殺人事件が冤罪《えんざい》であったのならば……。刑事裁判の有罪率がほぼ百パーセントという日本の裁判の実情を知っているならば、初の長編である『四つの終止符』や江戸川乱歩賞受賞作の『天使の傷痕』から西村作品に通底する、社会派のテイストも味わえるはずだ。

そして、ピュアな謎解きをメインにしているという意味でこの長編は、三億円強奪事件をそっくり再現させて世界的名探偵に推理させようとした『名探偵なんか怖くない』以下、『名探偵が多すぎる』、『名探偵も楽じゃない』、『名探偵に乾杯』と書き継がれた〈名探偵シリーズ〉とも作品世界を共有している。

とくに『名探偵に乾杯』では、折からの嵐で孤立してしまった小島にある、明智小五郎の別荘で事件が起こっていた。名探偵としての十津川の姿が一番輝いているのは、この『七人の証人』かもしれない。

ところがチャレンジ精神の旺盛《おうせい》な西村氏は、もうひとつのテイストをここにブレンドしていく。浪人生、銀行の副支店長、同じ銀行の女性行員、フリーのカメラマン、バーのマダム、その店の客、果実店を営む老婆……。七人の証言によって事件が再び吟味《ぎんみ》されていくなか、孤島で新たな殺人事件が連続するのだ。誰が何の目的で？　静的なサスペンスから動的なサスペンスへと物語は転換していく。

じつに魅力的な長編であるこの『七人の証人』は、一九七七年五月に実業之日本社より書き下ろしで刊行された。トラベルミステリーの記念碑的作品である『寝台特急殺人事件』が刊行されたのは翌一九七八年十月である。だから、孤島に有名な景勝地がなくても、鉄道が走っていなくても十津川は気にはならなかった……というのはあまりにも飛躍した推理だが、一九八一年に日本推理作家協会賞を受賞した『終着駅《ターミナル》殺人事件』以降の鉄道ミステリーで、列車を密閉空間と見なした作品が次々と書かれていったのは事実である。謎解きとサスペンスが融合した『七人の証人』のテイストは、そうした作品群に受け継がれている。

本書は一九八三年十二月に小社より刊行した文庫版の新装版です。

七人《しちにん》の証人《しょうにん》　新装版《しんそうばん》

西村《にしむら》京《きょう》太《た》郎《ろう》

2021年6月15日第1刷発行

発行者——鈴木章一

発行所——株式会社　講談社

東京都文京区音羽2-12-21　〒112-8001

電話　出版（03）5395-3510

販売（03）5395-5817

業務（03）5395-3615

Printed in Japan

講談社文庫

定価はカバーに
表示してあります

KODANSHA

デザイン—菊地信義

本文データ制作—講談社デジタル製作

印刷———大日本印刷株式会社

製本———大日本印刷株式会社

ISBN978-4-06-523813-4

講談社文庫刊行の辞

二十一世紀の到来を目睫に望みながら、われわれはいま、人類史上かつて例を見ない巨大な転換期をむかえようとしている。

世界も、日本も、激動の予兆に対する期待とおののきを内に蔵して、未知の時代に歩み入ろうとしている。このときにあたり、創業の人野間清治の「ナショナル・エデュケイター」への志を現代に甦らせようと意図して、われわれはここに古今の文芸作品はいうまでもなく、ひろく人文・社会・自然の諸科学から東西の名著を網羅する、新しい綜合文庫の発刊を決意した。

激動の転換期はまた断絶の時代である。われわれは戦後二十五年間の出版文化のありかたへの深い反省をこめて、この断絶の時代にあえて人間的な持続を求めようとする。いたずらに浮薄な商業主義のあだ花を追い求めることなく、長期にわたって良書に生命をあたえようとつとめるところにしか、今後の出版文化の真の繁栄はあり得ないと信じるからである。

同時にわれわれはこの綜合文庫の刊行を通じて、人文・社会・自然の諸科学が、結局人間の学にほかならないことを立証しようと願っている。かつて知識とは、「汝自身を知る」ことにつきていた。現代社会の瑣末な情報の氾濫のなかから、力強い知識の源泉を掘り起し、技術文明のただなかに、生きた人間の姿を復活させること。それこそわれわれの切なる希求である。

われわれは権威に盲従せず、俗流に媚びることなく、渾然一体となって日本の「草の根」をかたちづくる若く新しい世代の人々に、心をこめてこの新しい綜合文庫をおくり届けたい。それは知識の泉であるとともに感受性のふるさとであり、もっとも有機的に組織され、社会に開かれた万人のための大学をめざしている。大方の支援と協力を衷心より切望してやまない。

一九七一年七月

野間省一

なかにし礼 生きる力〈心でがんに克《か》つ〉
なかにし礼 夜の歌(上)(下)
中村文則 最後の命
中村文則 悪と仮面のルール
編/解説中田整一 真珠湾攻撃総隊長の回想〈淵田美津雄自叙伝〉
中田整一 四月七日の桜〈戦艦「大和」と伊藤整一の最期〉
中村江里子 女四世代、ひとつ屋根の下
中野美代子 カスティリオーネの庭
中野孝次 すらすら読める方丈記
中野孝次 すらすら読める徒然草
中山七里 贖罪の奏鳴曲《ソナタ》
中山七里 追憶の夜想曲《ノクターン》
中山七里 恩讐の鎮魂曲《レクイエム》
中山七里 悪徳の輪舞曲《ロンド》
長島有里枝 背中の記憶
長浦 京 赤《セキ》刃《ジン》
長浦 京 リボルバー・リリー
中脇初枝 世界の果てのこどもたち
中脇初枝 神の島のこどもたち

中村ふみ 天空の翼 地上の星
中村ふみ 砂の城 風の姫
中村ふみ 月の都 海の果て
中村ふみ 雪の王 光の剣
中村ふみ 永遠《とわ》の旅人 天地の理《ことわり》
夏原エキジ Cocoon〈修羅の目覚め〉
夏原エキジ Cocoon2〈蠱惑の焰〉
夏原エキジ Cocoon3〈幽世の祈り〉
西村京太郎 七人の証人
西村京太郎 華麗なる誘拐
西村京太郎 寝台特急「日本海」《メモリー・トレイン》殺人事件
西村京太郎 十津川警部 帰郷・会津若松
西村京太郎 特急「あずさ」《アリバイ・トレイン》殺人事件
西村京太郎 十津川警部の怒り
西村京太郎 宗谷本線殺人事件
西村京太郎 奥能登に吹く殺意の風
西村京太郎 特急「北斗1号」《スーサイド・トレイン》殺人事件
西村京太郎 十津川警部 湖北の幻想
西村京太郎 九州特急「ソニックにちりん」殺人事件

西村京太郎 東京・松島殺人ルート
西村京太郎 新装版 殺しの双曲線
西村京太郎 愛の伝説・釧路湿原
西村京太郎 山形新幹線「つばさ」殺人事件
西村京太郎 新装版 名探偵に乾杯
西村京太郎 十津川警部 君は、あのSLを見たか
西村京太郎 南伊豆殺人事件
西村京太郎 十津川警部 青い国から来た殺人者
西村京太郎 十津川警部 箱根バイパスの罠
西村京太郎 新装版 天使の傷痕
西村京太郎 新装版 D機関情報
西村京太郎 十津川警部 猫と死体はタンゴ鉄道に乗って
西村京太郎 韓国新幹線を追え
西村京太郎 北リアス線の天使
西村京太郎 十津川警部 長野新幹線の奇妙な犯罪
西村京太郎 上野駅殺人事件
西村京太郎 京都駅殺人事件
西村京太郎 沖縄から愛をこめて
西村京太郎 十津川警部「幻覚」

講談社文庫 目録

講談社文庫　目録

東野圭吾 天空の蜂
東野圭吾 どちらかが彼女を殺した
東野圭吾 名探偵の掟
東野圭吾 悪意
東野圭吾 私が彼を殺した
東野圭吾 嘘をもうひとつだけ
東野圭吾 時生
東野圭吾 赤い指
東野圭吾 流星の絆
東野圭吾 新装版 浪花少年探偵団
東野圭吾 新装版 しのぶセンセにサヨナラ
東野圭吾 新参者
東野圭吾 麒麟の翼
東野圭吾 パラドックス13
東野圭吾 祈りの幕が下りる時
東野圭吾 危険なビーナス
東野圭吾作家生活25周年祭り実行委員会 東野圭吾公式ガイド〈読者1万人が選んだ東野作品人気ランキング発表〉
東野圭吾作家生活35周年実行委員会 編 東野圭吾公式ガイド〈作家生活35周年ver.〉
平野啓一郎 高瀬川
平野啓一郎 ドーン
平野啓一郎 空白を満たしなさい(上)(下)
百田尚樹 永遠の0《ゼロ》
百田尚樹 輝く夜
百田尚樹 風の中のマリア
百田尚樹 影法師
百田尚樹 ボックス!(上)(下)
百田尚樹 海賊とよばれた男(上)(下)
平田オリザ 十六歳のオリザの冒険をしるす本
平田オリザ 幕が上がる
東直子 さようなら窓
蛭田亜紗子 凜
樋口卓治 ボクの妻と結婚してください。
樋口卓治 続・ボクの妻と結婚してください。
樋口卓治 もう一度、お父さんと呼んでくれ。
樋口卓治 「ファミリーラブストーリー」
樋口卓治 喋る男
平山夢明 魂《たま》豆《どう》腐《ふ》〈大江戸怪談どたんばたん(土壇場譚)〉
東川篤哉 純喫茶「一服堂」の四季
東山彰良 流《りゅう》
東山彰良 女の子のことばかり考えていたら、1年が経っていた。
樋口直哉 偏差値68の目玉焼き〈星ヶ丘高校料理部〉
平田研也 小さな恋のうた
日野草 ウエディング・マン
藤沢周平 新装版 春秋の檻〈獄医立花登手控え(一)〉
藤沢周平 新装版 風雪の檻〈獄医立花登手控え(二)〉
藤沢周平 新装版 愛憎の檻〈獄医立花登手控え(三)〉
藤沢周平 新装版 人間の檻〈獄医立花登手控え(四)〉
藤沢周平 新装版 闇の歯車
藤沢周平 新装版 市塵(上)(下)
藤沢周平 新装版 決闘の辻
藤沢周平 新装版 雪明かり
藤沢周平 義民が駆ける〈レジェンド歴史時代小説〉
藤沢周平 喜多川歌麿女絵草紙
藤沢周平 闇の梯子
藤沢周平 長門守の陰謀
船戸与一 新装版 カルナヴァル戦記
藤田宜永 樹下の想い

講談社文庫　目録

藤田宜永　女系の総督
藤田宜永　血の弔旗
藤田宜永　大雪物語
藤　水名子　紅嵐記(上)(中)(下)
藤原伊織　テロリストのパラソル
藤本ひとみ　新・三銃士　少年編・青年編〈ダルタニャンとミラディ〉
藤本ひとみ　皇妃エリザベート
福井晴敏　亡国のイージス(上)(下)
福井晴敏　川の深さは
福井晴敏　終戦のローレライ Ⅰ〜Ⅳ
藤原緋沙子　遠花火〈見届け人秋月伊織事件帖〉
藤原緋沙子　春《はる》疾《はや》風《て》〈見届け人秋月伊織事件帖〉
藤原緋沙子　暖《ぬくめ》鳥《どり》〈見届け人秋月伊織事件帖〉
藤原緋沙子　霧の路《みち》〈見届け人秋月伊織事件帖〉
藤原緋沙子　鳴《なる》子《こ》守《もり》〈見届け人秋月伊織事件帖〉
藤原緋沙子　夏ほたる〈見届け人秋月伊織事件帖〉
藤原緋沙子　笛吹川〈見届け人秋月伊織事件帖〉
藤原緋沙子　青《せい》嵐《らん》〈見届け人秋月伊織事件帖〉
椹野道流　亡羊の嘆〈鬼籍通覧〉

椹野道流　新装版　暁天の星〈鬼籍通覧〉
椹野道流　新装版　無《む》明《みょう》の闇〈鬼籍通覧〉
椹野道流　新装版　壺《こ》中《ちゅう》の天〈鬼籍通覧〉
椹野道流　新装版　隻《せき》手《しゅ》の声〈鬼籍通覧〉
椹野道流　新装版　禅《ぜん》定《じょう》の弓〈鬼籍通覧〉
椹野道流　池《ち》魚《ぎょ》の殃《わざわい》〈鬼籍通覧〉
椹野道流　南《なん》柯《か》の夢〈鬼籍通覧〉
深水黎一郎　世界で一つだけの殺し方
深水黎一郎　ミステリー・アリーナ
深水黎一郎　倒叙の四季〈破られた完全犯罪〉
藤谷　治　花や今宵の
古市憲寿　働き方は「自分」で決める
船瀬俊介　かんたん「1日1食」!!〈万病が治る！　20歳若返る！〉
二上　剛　黒薔薇　刑事課強行犯係　神木恭子
二上　剛　ダーク・リバー〈暴力犯係長　葛城みずき〉
古野まほろ　身元不明《ジェーン・ドゥ》〈特殊殺人対策官　箱崎ひかり〉
古野まほろ　陰陽少女
古野まほろ　禁じられたジュリエット
藤崎　翔　時間を止めてみたんだが

藤井邦夫　大江戸閻《えん》魔《ま》帳《ちょう》
藤井邦夫　三つの顔〈大江戸閻魔帳㈡〉
藤井邦夫　渡世人〈大江戸閻魔帳㈢〉
藤井邦夫　笑う女〈大江戸閻魔帳㈣〉
藤井邦夫　罰《ばち》当《あた》り〈大江戸閻魔帳㈤〉
福澤徹三　糸柳寿昭　忌《い》み地〈怪談社奇聞録〉
福澤徹三　糸柳寿昭　忌《い》み地　弐〈怪談社奇聞録〉
藤井太洋　ハロー・ワールド
辺見　庸　抵抗論
星　新一　エヌ氏の遊園地
星　新一　編　ショートショートの広場①〜⑨
本田靖春　不当逮捕
保阪正康　昭和史 七つの謎
堀江敏幸　熊の敷石
本格ミステリ作家クラブ編　子ども狼ゼミナール〈本格短編ベスト・セレクション〉
本格ミステリ作家クラブ編　ベスト本格ミステリ TOP5〈短編傑作選001〉
本格ミステリ作家クラブ編　ベスト本格ミステリ TOP5〈短編傑作選002〉
本格ミステリ作家クラブ編　ベスト本格ミステリ TOP5〈短編傑作選003〉
本格ミステリ作家クラブ編　ベスト本格ミステリ TOP5〈短編傑作選004〉

2021年3月12日現在